皇帝陛下は呪われた聖女の母性に溺れる

臣桜

Illustration
天路ゆうつづ

MOON DROPS

皇帝陛下は呪われた聖女の母性に溺れる

Contents

イラスト／天路ゆうつづ

皇帝陛下は呪われた聖女の母性に溺れる

MOON DROPS

序章　縋《すが》るもの、拒絶するもの

「ソフィア……っ、まだ意地を張るのか……っ」

熱を孕《はら》んだ男の声がし、冷たい月光が差し込む部屋に男女の熱い吐息が充満してゆく。

「ライアス様……っ、どうか、……どうかご容赦を……っ」

豊かにうねった白金の髪を乱したこのソフィアという麗人は、金色の目を切なげに瞬かせ、透明な涙を眦《まなじり》から零す。

彼女の胸はふくよかという、可愛らしい言葉では言い表せないほどの質量を見せ、男――ライアスに突き上げられるたびに、ゆっさゆっさと揺れていた。

ソフィアの金色の目に見つめられ、懇願されても、ライアスは青い瞳に怒りすら浮かべて彼女を突き上げる。

ライアスはシャツをはだけ、下半身はトラウザーズ、ブーツという姿だ。傍らには脱ぎ捨てられたベストとジャケットがあるのに対し、ソフィアは生成り色の質素なワンピースを中途半端に体に引っかけているのみだった。

しかもソフィアの両手はライアスのクラヴァットにより縛《いまし》められている。ワンピースは大きく捲《ま》くり上げられて腕に絡み、シュミーズやドロワーズも脱がされ、胸を露わにされていた。
ライアスが腰を動かすたびに、グッチュグッチュと濡《ぬ》れた音が石造りの冷ややかな部屋
に響き渡る。
塔の最上階にあるその部屋は、処刑される囚人を幽閉するための場所だ。
逃げるにも高い場所にあるので叶《かな》わず、唯一の出入り口は施錠された上に兵士たちに
よって見張られている。
ソフィアは、罪を犯し、三日後に処刑されようとしていた。
ライアスは黒髪を掻《か》き上げ、「くそっ」と悪態をついて高い鼻筋から落ちようとした汗
を乱暴に拭う。
「君が罪を犯すはずがない！　俺は君を信じている！　なのになぜ黙ったまま、真実を言
おうとしない⁉」
彼は悲痛な声で叫び、詰問するかのようにソフィアを突き上げる。
「ってですから……っ、私は……っ、何も申し上げる事は……っ」
それに対しソフィアは頑なに真実を話そうとせず、苦しそうに眉間に皺《しわ》を寄せたまま首
を振る。
たおやかで祖国では〝聖女〟または〝聖母〟と呼ばれているのに、このソフィアは意外
と頑固なところがある。

「俺は君を失いたくない！　だから……っ、話してくれ！」

普段なら獅子《しし》の如き雰囲気を放つ一国を統べる皇帝が、愛する女性がこれから処刑されようとする現実を前に、打ちのめされていた。

彼を知る者が見れば「みっともない」と言うかもしれない姿をソフィアに晒《さら》し、目に涙すら浮かべて彼女を穿《うが》つ。

小さく簡素なベッドはライアスの動きに連動してギッギッと軋《きし》み、ソフィアの甘い嬌声《きょうせい》も一際高くなってゆく。

「これが最後の交わりになるなど言わせない！　俺は必ず君を……っ」

ポトッとソフィアの胸に滴ったのは、ライアスの汗だろうか、それとも涙だろうか。

何度も愉悦の波に揉《も》まれて意識をぼんやりとさせているソフィアは、目を閉じて彼の熱を体内に感じ、静かに涙を流した。

(どうか泣かないで。私がいなくてもきっとあなたは生きていけます)

禁忌を犯したとされたソフィアは、自分が無実なのを誰よりも分かっている。

けれど彼女は守るべきもののため、決して口を開くつもりはなかった。

第一章　突然の求婚

世界は良き魔術――白魔術を使う魔術士たちにより、平和な世を保っている。

魔術を行使できるからには世界に魔力や魔素というものが満ちているのだが、それを鋭敏に感じ取って可視化させ、操れるかどうかは個人差が大きい。

魔術というものは血筋が大きく関係している。

先祖に魔術士と呼ばれる者がいた場合、その子孫も魔術を使える可能性が高くなる。そのような者は良い職に就ける場合が多く、上層階級との接点も高まる。その者たちが結ばれる事も珍しくなく、魔術を使える者は比較的裕福な者が多くなる。

稀《まれ》に隔世遺伝的に庶民の中に魔術体質を持って生まれる者もいる。彼らが成長すると国の役人が来て、より良い魔術士となるための学校に無料で入れるなどの補助制度を紹介する。よって魔術を使える者が一生平民のままという事は珍しかった。

かつては黒魔術を使う者たちと激しい戦いがあったが、戦争の果てに双方が和平を結び、現在はお互い不可侵の約束を結んでいる。

白魔術は人々の生活に役立つものが多く、また祝福をもたらす効果が多い事から、白魔術を扱う者は聖職者同様に尊敬されていた。

サリエール王国の第一王女ソフィアは、その容姿や性格から〝聖母〟または〝聖女〟と呼ばれ讃《たた》えられていた。

二十五歳のソフィアは、豊かにうねる白金の長い髪を持つ、類い稀《まれ》な美女だ。瞳は母である王妃の色を継いだ美しい金色で、光の反射により虹彩の濃淡が見事にきらめき、「天使の瞳」と呼ばれている。雪のように白い肌で、物腰柔らかく穏やかな性格に加え、聞く者をうっとりとさせる美声を持つ。

また彼女が未婚であるにも関わらず〝聖母〟と呼ばれているのは、ドレスから零れんばかりの豊満な胸元が起因している。

誰がソフィアを「聖母」と呼び始めたかは分からない。

だが外見からくる柔らかですべてを優しく包み込んでくれる印象と、自ら孤児院などを訪ねて慈善活動に勤しむ姿などから、母性の象徴として〝聖母〟と呼ばれるようになったのだろうと周囲は推測している。

（私としては、未婚なのに母なる象徴と言われてもピンと来ないのだけれど……）

うららかな春の風を開けっぱなしの窓から感じつつ、侍女に髪を結ってもらいながらソファはぼんやりとそんな事を考えていた。

「姫様、もうそろそろ大陸会議でございますわね。砂の国・カイザール王国の王太子殿下ユスリー様が、姫様に求婚されるともっぱらの噂《うわさ》ですわ。ああ……っ。あの褐色《かっしょく》の肌にキリリとした美貌。姫様は色白で儚《はかな》げでいらっしゃいますから、きっとお二人が並ぶと一枚の絵画のように美しいに決まっておりますわ……！」

口元を忙しく動かし、そして手元も正確に三つ編みを作りつつ侍女が言う。

ソフィアの髪結いをしている者を補助するために、手に鏡やブラシやピンを持って控えている他の侍女たちも、「はぁぁー……」と夢見心地の溜《た》め息をつく。

ソフィアの前で跪《ひざまず》いて爪を磨いている侍女は真正面にいるため、彼女のうっとり顔が否が応でも見えてしまうので、やや決まりが悪い。

「噂話でしょう？　まだユスリー様の本当のお気持ちすら誰も分かっていないのに、勝手に話を広めるのは良くないわ」

やんわりと窘《たしな》めると、侍女たちが一斉にブーイングをした。

「今度こそ姫様には幸せになって頂かなければ……！」

「そうですよ。以前は某国の王太子の浮気が見つかっ……げふんっ」

何か言いかけた侍女が、別の侍女に横腹を小突かれて言葉を濁す。

「分かっているわ。私は婚期が遅れているから心配してくれているのよね？　ありがとう。でもこの年になったからには、お相手は自分でしっかり見極めたいと思っているわ」

「そんな言い方をなさらないでください！　ロケッティア伯爵家のご令嬢は二十七歳でいらっしゃると小耳に挟んだ事がありますわ。姫様はずっとお若いですし、お優しくてお美しく……。ぜっっったいにお相手が見つかりますから！」

力んで顔を真っ赤にした侍女に力説され、ソフィアは逆に辛くなる。

（ここまで強力な応援がいても、実際にご縁がないのだから……）

内心半泣きになりつつ、ソフィアは優しく諭してみせた。

「他の方を引き合いに出すのは良くないわ。ここだけの話にしておきますから、他ではそういう事は言わないようにね？」

「は……はい……。申し訳ございませんでした。……でも私は本当に姫様の幸せを願っていて……」

やんわりと言われて赤面した侍女は、「それでも」と訴えるような目でソフィアを見つめる。

「あなた達の気持ちは痛いほど分かるつもりよ。いつも味方になってくれてありがとう。あら、今日の髪型も爪もとても素敵ね。いつも感謝するわ」

鏡台の磨き上げられた楕円《だえん》形の鏡を見て、ソフィアはにっこりと微笑む。

春を意識した薄バラ色のドレスは、春の花を金糸で刺繍《ししゅう》した見事なものだ。それに合わせてソフィアの髪は複雑な形に結い上げられ、庭から摘んできたピンクのバラに侍女が白魔術をかけ、花の簪《かんざし》にして髪の間に挿してくれた。

ソフィアの侍女たちもまた、侍女として主のために役立つ白魔術を得意としていた。

「今日も見とれてしまうほどお美しいです、姫様」

侍女の一人がパチパチと拍手をし、残る侍女たちも手に持っていた道具を腋《わき》に挟み、小さく拍手をする。

「ありがとう、ありがとう。いつもありがとう」

正直、照れくさくて堪らない。ソフィアは優しく微笑んで侍女たちの手を握り、拍手を止めさせたのだった。


侍女たちが言っていた大陸会議というのは、文字通りこの大陸にある国家の代表が集まり、話し合いをする場だ。

かつて白魔術士と黒魔術士が対立した大戦以降、各国は攻撃魔法や呪いを禁忌と決めた上で、手を取り合って平和な世の中にしていこうと歩んでいる途中だ。

中には部族同士の紛争が続いている国もあるため、全員平和で和やかに……とはいかない。それでも多少の緊張感はありつつも、一国の代表たちが集まるのだから、表向きは礼儀正しく会議や食事会が行われる事になっている。

君主たちが集まって会議をするだけでなく、平和のために交流をし合う事も目的とされているので、ソフィアたちも王族として参加する事になっていた。

「私はラガクード帝国の、皇帝陛下にお会いするのが少し怖いです」

そう言ったのは妹のアンナだ。

ソフィアは昼間に宮廷の淑女たちを相手に、白魔術のレッスンをつけていた。

彼女が臣下や民に慕われるのも、白魔術士としての高度な魔術力を持っているのが理由の一つとして挙げられる。

王都の白魔術協会でも会長補佐を務めていて、王女という肩書きだけではなく自立した女性として職を持っていた。

ソフィアに憧れる者たちが彼女のレッスンを受けたがり、その授業料が協会の資金にもなっている。まさにソフィアは白魔術協会の顔でもあった。

仕事を終えて夕方になると、サリエール王家には家族でお茶をする習慣がある。

国王と王妃、そしてソフィアの他に同席するのは、十九歳の妹・アンナだ。

アンナは少し濃い色の金髪にオーカーの瞳を持っている。

明るく活発な性格で、王女としての気位も高く、貪欲に学ぼうとする意欲もあり、両親もアンナに期待している。

二人姉妹であるため、ソフィアが婿を取るか他国に嫁ぐかにより、アンナの立ち位置も変わってくるだろう。

だがソフィアの元に舞い込んでくる縁談の多くは、彼女をぜひ自国に連れ帰りたい、そして優秀な白魔術士としても働いてほしいという願望が透けて見える。

両親もソフィアの魔術の腕を認めていて、王女というより優秀な白魔術師として期待し、有能な会長補佐を手放すのを渋っている面もあった。

一方……と言えば気の毒だが、アンナはソフィアほど周囲に求められる魔術を持たない。

ソフィアが人々を祝福し、傷を癒やす魔術を得意とするのに対し、アンナは物を動かしたり風を起こしたり……という魔術を得意としている。

そのアンナの言葉を聞いて、ソフィアは大陸で最大の領地面積を誇る帝国ラガクードを思い出す。

帝国というだけあり、これまでの歴史で様々な国家を取り入れて巨大化した国だ。

白魔術士も大勢いるほか、竜騎士の育成にも力を入れていて、馬での移動より速く情報を伝える事ができる。情報をいち早く得るという事は、あらゆる事に関して優位に立てる。いまだ馬のみが移動手段である小国も多い事から、帝国の竜使いに憧れる者は多かった。

また、今まで吸収してきた国の長所をとりこみ、貿易や観光産業を発展させ、そこからも資金を得ている。

巨大な国家というものは、往々にして様々な綻びが生まれ、そこから解体される事が多いが、今のところラガクードは栄華を誇っている。

その勢いは先帝の代にやや陰りを帯びたものの、先帝崩御後に若き皇帝ライアスが皇位を継いでから、帝国は以前より国勢を増した気がする。

加えてこれは噂話にすぎないが、ライアスに反抗する貴族たちを次々に斬り殺し、粛清した……という話も小耳に挟んだ事がある。

だからなのか、三年に一回の大陸会議でライアスの顔をチラッと見た時、ソフィアもアンナと同じように「怖そうな人」という感想を抱いてしまった。

サリエールは小国であるが、帝国には隣接していない。

現在の帝国は領土拡大のための戦争をせず、もっぱら富国に力を入れているようなので、大陸会議でも帝国を中心に戦争の話題が出る事はない。

それについては一応安心しているものの、いつも不機嫌そうな顔をしているライアスに歯向かえば、どうなるか分からない。

なので大陸会議のあとにとびきりのご馳走《ちそう》が出ても、各国の王たちは羽を伸ばして味わうどころではないように見えた。

「お父様もライアス様を怖いと思われていますか？」

紅茶を口に含み、芳醇《ほうじゅん》な香りを楽しんでから飲み下し、ソフィアはやや真剣に父・エリオットに尋ねる。

五十歳のエリオットは顎に手をやって少し考えてから、眉間に皺を寄せ「そうだな……」と頷《うなず》いた。

「我が国は慎ましく自給自足できる程度で、特別国が豊かな訳ではない。自国に何かがあった時のために、日々騎士団を鍛えておくだけの軍事力はある。だがそれは自衛目的だ。仮に戦争が起きたとして、悲しいが他国の協力なしにはどこにも勝てないだろう。一国の王として情けない限りであるが帝国を敵にした場合、必ず負けると言っても過言ではない」

日差しが差し込むサロンには、給仕のために従者たちがいるのみだ。

彼らは王家に忠誠を誓う家柄の者なので、王族の話を外部に漏らす事はない。

見張りの兵士たちは扉の向こう側で、家族だけのこの会話を聞く外部の者はいない。

だからこそ、エリオットも素直な心情を吐露していた。

「ゆえに王として情けないと言われようが、大陸会議のような場所では自国を危険に晒さない事を一番に考えている。個人としての見栄や誇りよりも、もっと大切なものがある。そのためなら、私は『臆病者』という言葉も甘んじて受けよう」

父の言葉を聞いて、ソフィアは噂話を思い出す。

誰が言っている……とはっきり分かっている訳ではない。

噂話を仕入れてくるのは侍女たちで、たまにアンナから話を聞く事もある。常に「誰々がこういう話を聞いたのですって」という伝聞だ。

その噂で、「エリオット王は温厚と言えば聞こえのいい、ただの臆病者だ」というものがあった。

エリオットのどのような言動、態度から言われているのか分からない。

噂の出所が宮中を出入りする貴族なのか、王族が信頼を置いている者たちか、それとも民なのかすら分からない。

忠臣たちはエリオットが国のために粉骨砕身しているのを知っているからこそ憤り、「このような事を言っている者がいましたが、処罰は如何致しましょうか」と尋ねてくる。

だがエリオットにとって噂話は噂話であり、国務に比べれば些末《さまつ》な事だ。自分の名誉のために噂話を追えば、他の事をすべき時間がなくなってしまう。

結果的にエリオットは聞きたくもない噂話を捨て置くふりをして、己の心に蓄積させて悩むようになっていた。

「あなた、そのような言葉に耳を貸す必要はありませんわ」

王妃クレアに言われ、エリオットは力なく微笑む。

「人は生まれる場所を選べない。私が王家の長男として生まれ、王になるのが運命だったように、向き不向き、性格も関係なく、決められた道を選ぶしかない場合もある」

その言葉はソフィアの胸に重く響いた。

自分が第一王女として生まれたのも、〝聖女〟〝聖母〟として祭り上げられているのも、特に望んでいないからだ。

大きすぎると言ってもいい胸も、望んでこの体つきになった訳ではない。

「ソフィア。ハッキリ言ってしまうが、お前は縁談が舞い込んでもなぜか不幸な出来事が起こり、立ち消えになる事が多い。それを私は、本当に結ばれるべき相手ではないからだと思っている。こうなったら、賢いお前が納得した相手を選びなさい」

突然自分の結婚の話になり、ソフィアはハッとして顔を上げる。

「第一王女として、夫を見つけなくてはと思う焦りも分かるつもりだ。だがお前が本当に好きな相手を見つけ、嫁ぎたいと思ったのならそれでいい。アンナ、お前もだ。二人が嫁いだとしても、跡継ぎには私の弟や甥《おい》がいる。仮にソフィアに君主を表す紋章が浮かんだとしても、それを他者に引き継ぐ儀式はできる。だから二人とも王位を気にせず生きなさい」

優しく父に微笑みかけられ、目が潤んでしまう。

サリエール王国の王位継承権は直系の女性にもあり、女王の婿となった者が王配となる場合が歴史的には多い。

自分たち姉妹をあくまで娘として見てくれる父の優しさに、ソフィアは涙ぐみかけたが瞬きして誤魔化す。

すべての行動に優しさと周囲を思う気持ちがある父を、ソフィアは心から尊敬していた。

国王たるカリスマ性がなくても、父は〝優しい王〟だ。

「はい……っ」

泣き崩れてしまいそうになるのを堪え、ソフィアは微笑んでみせた。

＊＊

そのひと月後、ソフィアたち家族は王都を空け、今年の大陸会議が行われる砂の国カイザールへ向かった。

帝国のように飛竜を扱う国もあるが、サリエールの主な交通手段は馬や馬車だ。

それらの移動速度も考え、約一週間を掛けて移動した。

大陸会議中は、大陸中の国から王とその家族たちが不在になる訳だが、そのぶん王宮にはしっかりとした警備がなされている。

また大陸会議が行われている間は軍事訓練を行う事も禁止されている。

王族のいない自国を守るための警備は認められているが、武器を使用した訓練などはすべて禁止されている。ほんの小さな事であっても、勘違いを起こすような行動は慎むべきと大陸中の国が合意している。

「相変わらずここは暑いわね」

滞在する部屋についたソフィアは、自分の部屋に荷物が運び込まれるのを見守ってから、妹のアンナの部屋に移動した。

そして、それまで頭に被っていたヴェールを取る。

カイザールは特に直射日光が強いため、男女ともにターバンやヴェールの着用を推奨されている。被らない事で罰がある訳でない。だが結果的に日射病などで体調を崩してしまうので、現地の人から見ると頭部を隠さないよそ者は、よほどの命知らずか常識知らずか……という認識になっている。

白壁の家並みが続く砂漠の国は、オアシス部分に大都市が広がっていた。

オアシスには魔術の根源があるらしく、枯れる事のない湖を中心に、巨大な城や都市がある。

砂漠の中にあると思えないほど水がふんだんに使われ、街の中も整備された水路があり、清潔感がある上に美しい。

サリエール王家が滞在しているのは、王城の敷地内に幾つもある迎賓用の館の一棟だ。

事前にサリエール王家の好みを調べたのか、応接室に用意されていた果物籠の中には、エリオットが好むリンゴが何種類も置かれてある。他にもカイザール産ならではの、珍しい果物もふんだんに用意されてあった。

一人一部屋以上を使う事ができ、連れてきた侍女や従者、メイドや護衛の騎士たちの部屋もある。

大陸会議は緊迫感に包まれる一大行事ではあるが、毎回開催国が変わるため、その度に口にするその国の郷土料理や、迎賓館でのもてなしは楽しみでもあった。

「見て、お姉様。あそこを行かれるのは皇帝陛下ではなくて？」

窓際まで籐《とう》の椅子を持って行って外を見ていたアンナが、赤い扇を持った手でソフィアを呼び寄せる。

「皇帝陛下？」

あの冷酷非道なライアスの事かと思い、ソフィアはそっと妹の背後に立って窓の外を見る。

二人がいるのは三階だ。サリエール王家の迎賓館は円形の中庭に接しているため、王族が泊まる景観のいい部屋からは、中庭の様子が見て取れるようになっていた。

ヤシの木が並び大きな噴水がある中庭の、木陰にある白いベンチ前で従者らしき人物と話しているのは、黒髪に白い布を掛け、金色の輪で留めている男性だ。

大陸会議で皇族・王族がカイザール王国を訪れた際は、頭にヴェールを被り、他国の貴賓であると分かる金色の飾環を嵌《は》める事を勧められている。

男性は金色の飾環を嵌めているため、今回の貴賓の一人だろう。

「この遠目でよく分かったわね?」

「だって右手の甲に皇帝陛下の証であられる紋章があったわ。ラガクード帝国の皇帝陛下って代々神獣を扱う事ができる、王権の力をお持ちでしょう? だから間違いないと思うの」

「確かにそのような王権の力をお持ちだったわね。帝国にいる知り合いは、神獣の姿を見た事はないと言っていたけれど……」

帝国の神獣というのは、獅子に翼の生えた姿をしているらしい。

各国の皇帝・王は〝王権〟と呼ばれる特別な力を持つ。

この世界において王権とは、君主のみが有する特別な魔術を意味する。

それぞれの国において王権の内容は異なるが、帝国に限っては神獣を呼び出す力を指すらしい。

父エリオットも王権の力を有し、干ばつの時に発動できる、雨を呼ぶ力を持っている。

王権を有する国王や皇帝は、生まれた時から体の一部に紋章を持ち、エリオットも右腕の内側に紋章がある。

　途中で国王が亡くなった場合、遺体から紋章が消えて次の王となる者の体に表れる。

　この仕組みが跡目争いを引き起こす事も稀にあるが、多くの国では「天が決めた君主」として、紋章の浮かび上がった者を王座に据えるのが通例となっている。

「伝説では、王権の力はその国を表していると言うわよね。王の心が腐っていて、国の未来もいずれなくなるという場合、紋章も黒ずんだり形が欠けたりするとか、歴史の本で読んだ事があるわ」

　ソフィアはアンナから遠眼鏡を借りて、目に当てる。

「きっと持ち主の心が王権という特別な力を行使するのに、相応しいかどうかも神様に試されているのかもしれないわね」

「そうね。為政者に対して清くあれとは言わないけれど、国や民を思う気持ちに偽りがあっては……えっ⁉」

　遠眼鏡でライアスを見てピントを合わせると、彼がまっすぐこちらを見ているのが分かり、ソフィアは慌てた声を上げて部屋の中に数歩下がる。

「お姉様？」

「……め、目が合ってしまったわ」

　サーッと頭から血の気が引いた感じがし、胸がドキドキと嫌な音を立てる。

「ま、まだこっちを見てる？　遠眼鏡で見ていたのを、怒っていらっしゃらないかしら？」

「大丈夫なようよ。こちらを見たのは一瞬だけで、先ほどと同じように従者と話していらっしゃるわ」

アンナの返事を聞いてソフィアは安心したが、そのあと窓辺には近付こうとしなかった。

というのも、もともとライアスには苦い思い出があるからだ。

それがずっと心に引っかかっているからこそ、彼が成人して皇帝となった今、過去の出来事をほじくり返して、復讐《ふくしゅう》してくるのではないか……と心配で堪らない。

幸い、ライアスは即位してから帝国内の統治で忙しいのか、他国の王女であるソフィアに干渉してくる事はなかったが。


その翌日の午前中から大陸会議一日目が始まった。

会議は合計三日間行われ、四日目の夜には慰労を込めてパーティーと舞踏会が行われる。

全員、生まれた時から第二言語として学ぶ大陸の共用語を使うので、言葉に支障はない。

そのあとは各国の王族のスケジュールにもよるが、大抵の者は観光をして一週間以内には帰国するのが慣例となっている。

随行している諸国の王子や姫君は、君主たちが話し合う大切な会議よりも、舞踏会の方がお目当てだ。

エリオットは連日倒れそうな顔色で会議室から出て来て、クレアに労らわれている。

優しいがゆえに圧力に弱い父を可哀想に思いながらも、ソフィアとアンナは父の邪魔にならないよう日々を過ごしていた。

大陸会議に出席するのは国王や宰相、そして書記官など限られた面々なので、王妃や王子、王女などは言ってしまえば時間を持て余している。

ソフィアは空いている時間に母とアンナと三人で城下街に繰り出して買い物をし、迎賓館のある辺りや、立ち入りを許されている王宮内の庭園を散策した。

その途中で他国の王子、王女たちと顔を合わせ、気さくに会話をする事もあった。

やがてあっという間に三日間の大陸会議も終わり、四日目夜に行われる舞踏会となる。

この舞踏会の時は、各国の参加者が民族衣装をベースにした正装を身に纏《まと》うので、目に楽しい。

ソフィアたちはコルセットを締め、パニエとペチコートでスカートを膨らませ、その上に花の刺繍やビーズがふんだんにあしらわれたドレスを纏う。

ドレスの上には金糸で国章をあしらったレースのエプロンをつけ、髪は三つ編みにして纏めたあと、金色の飾り櫛《くし》を幾つも留めて白いレースのヴェールを被る。

サリエール王国ではヴェールの色は、未婚女性は白で、既婚女性は黒と決まっていた。

クレアは赤紫、ソフィアは白に近いアイボリー、アンナは黄緑のドレスを纏って舞踏会の会場に向かうと、そこはもうすでに色とりどりの衣装で溢《あふ》れていた。

「ソフィア殿下、お久しぶりです」

会場に入ってすぐ声を掛けてきたのは、主催国であるカイザール国の王太子ユスリーだ。

浅黒い肌に黒髪、そして濃い睫毛《まつげ》と眉毛によりくっきりとしたエキゾチックな美貌にドキッとする。

「ユスリー殿下、お久しぶりです。ひと月前のお手紙以来ですね」

ソフィアの手にユスリーはキスを落とし、友好的に微笑む。

「本当は我が国にいらした時、すぐご挨拶したかったのですが、主催国の王太子として色々と忙しくしておりました」

「当然の事ですから、お気になさらず。今回の大陸会議もつつがなく終わりを迎えられそうで良かったです」

「ご帰国は、七日目ですか？」

「ええ、その辺りになるかと思いますが」

元々の予定だからと頷いた時、ユスリーが両手でソフィアの手を握ってきた。

「もしよければ……」

少し頬を赤らめた彼が何か言う前に、二人の背後にヌッと人影が立ち、無言の圧を感じた。

「え……っ？」

思わず振り向くと、背後には長身の男性――ラガクード帝国の皇帝ライアスが立っていた。

黒髪にサファイアのような青い目。

凛《りん》とした雰囲気は近寄りがたさを感じさせ、その覇気は獅子のようだ。

気圧された二人が黙っていると、長身のユスリーよりなお背の高いライアスがゆっくりと視線を移動させ、二人を睥睨《へいげい》した。

「……随分、仲のいい事だな」

低い声には、二人をからかうような声音と、ほんの微かな不機嫌さが混じっている。

その声に怯えたのか、ユスリーはパッとソフィアの手を離した。

「陛下、何か御用でしょうか？　わたくし達は見ての通り、壁際でお話しをしておりました。陛下の通り道を塞いでいたつもりはなかったのですが」

ソフィアはにこやかに尋ねる。

用事があるなら「失礼」と断って話し掛ければいい話だし、ここまで威圧感をダダ漏れにさせて話し掛けてくると、正直怖いのでやめてほしい。

ユスリーは武勇の誉れ高い王太子だが、さすがに大国の皇帝を前にすると緊張を隠せないでいる。

「カイザール王太子ユスリー殿下、貴殿はもしかしてソフィア殿下に懸想しておいでか？」

ゆったりとした口調だが突拍子もない事を尋ねられ、ユスリーは目に見えて狼狽《ろうばい》し、赤面した。

「そ、それは……」

「ソフィア殿下」

ユスリーに尋ねておきながら満足に彼の返事も聞かず、ライアスはソフィアに向かって大きな手を差しだしてきた。

「はい？」

まさか先日、遠眼鏡で見た件について言及されるのだろうかと緊張したソフィアに、彼はとんでもない事を言ってきた。

「殿下のお父上……サリエール国王陛下にもお尋ねしたが、あなたに求婚してもいいだろうか？」

「………はい？」

堂々と、それは自信たっぷりに言われ、ソフィアの思考が止まる。

「あなたを妻にしたいと言っている」

求婚しているにしては挑むと言ってもいい目で見られ、ソフィアは固まったまま放心した。

（こんな宣戦布告のような求婚を受けるとは思っていなかったわ）

婚期が遅れているソフィアでも、今まで何度も求婚された事はあった。結果的に話はお流れになってしまったが、その誰もが、とてもロマンチックな求婚をしてくれた。

求婚よ、ロマンチックであれ。とは言わない。

だがこちらに手を差しだしているライアスには、「断れば切り捨てる」といわんばかりの威圧感があった。

断れば最悪の事態が起こりそうだ。かといってここで気やすく了承する事もできない。

「父は、サリエール国王はなんとお返事したのですか？」

頼みの綱である父の名を出すと、ライアスが視線を動かした。

思わず彼が見る方に顔を向けると、人混みの向こうでこちらを見て固まっている父がいる。

「陛下……」

地獄に神、と父に向かって縋《すが》るような笑みを浮かべると、エリオットはとても複雑な——こちらに来たくない……という雰囲気を駄々漏らしながらノロノロと歩いてくる。

ソフィアはどことなく、アンナが可愛がっている愛犬が、散歩の途中で「これ以上行きたくない」と駄々をこねた時の姿を思い出した。

「ソフィア……。黙っていてすまない……」

牛歩のような歩みでやっとこちらに辿《たど》り着いたかと思うと、しばらく時間をかけてからエリオットが弱々しい声で言う。

「黙っていてって……。私はいま皇帝陛下から求婚されたところですが、以前からご存知だったのですか？」

ソフィアの問いに、エリオットはギュッと目を閉じる。

その手は腹部に宛がわれていて、父の胃がキリキリと痛んでいるのを表していた。

（きっとお父様の事だから、言おうとしても言えなかったのだわ）

父の優しすぎる性格を察し、ソフィアは歯噛《が》みする。

「実は……この大陸会議が始まるずっと以前から、陛下からソフィアへの求婚を受けていた」

「ずっと前からって、いつからです？」

クレアとアンナも少し離れた場所からこちらを見ている。

「最初に連絡を受けたのは、もう……五年……くらいは前だっただろうか」

「え⁉」

さすがに返事を延ばしすぎだろうと、ソフィアは大きな声を上げる。

五年と言えば、ソフィアはその間に何人もの男性から求婚され、様々な理由があって破談になっていた。

あまりに長い年月に驚いてから、ソフィアはライアスを盗み見する。

（それじゃあ、これだけ怒ったように求婚されても当たり前だわ）

それにしても、ライアスもよく五年のあいだ飽きずに求婚し続けたと思う。さらに驚くべきは、冷酷非道の皇帝と呼ばれていた彼が、立腹してサリエールに攻め入らなかった事だ。

「あ、あの。そろそろ舞踏会の開催挨拶を父が始めると思いますので、私は一度失礼しても宜しいでしょうか？」

それまで置物のように大人しかったユスリーが、ソフィアに向かって微笑み、ライアスにもおもねるような笑みを向ける。

「ええ、構いませんわ。お忙しいところ、お引き留めしてしまってすみません」

ソフィアの返事に彼は「ありがとうございます、またあとで」と言い、ライアスにも会釈……というには深すぎるお辞儀をしたあと、スイ……と流れるような動作で人混みのなかに紛れていった。

「あれはもう、二度とあなたに声を掛けないだろうな」

ライアスは腕を組み、呆《あき》れたようにユスリーの背中を見送る。

「どうしてです？　お話の続きがあるようにお見受けしましたが」

「私はあなたに求婚した。普通の男なら、私を敵にまわしてまで、あなたに再度声をかけようと思わないだろう」

やはり威圧的な物言いに、ソフィアは困り果てる。

「……私は求婚されたという実感を持てないでいるのですが……」

父がハラハラして見守っている手前、ソフィアは強く言い返せない。

ライアスの事は、客観的に見てとても美しい男性だと思う。

神話の武神もかくやという体軀《たいく》に恵まれ、キリリとした眉の下に青い双眸《そうぼう》が強く輝いている。通った鼻筋や潔癖そうに引き結ばれた唇、黒髪は艶があり、近くで見ると意外と柔らかそうに思えた。

身長は見上げるほどあり、先ほどいたユスリーより頭半分高かった。

外見だけ見れば、女性がキャーキャー騒ぎそうな美貌と雄々しさがある。だが、彼が醸し出す威圧感がそれをすべて打ち消し、彼と目が合おうものなら蛇に睨《にら》まれたカエル、もとい獅子に睨まれたウサギほど萎縮してしまう。

その彼に「断ったら殺すぞ」ぐらいの迫力で求婚されても、にわかには信じられなかった。

そもそも五年前から……というのも、父に深く事情を聞かなければいけない。

「誤解があるようだから、少し二人きりで話をしよう」

ライアスは片手で優雅に出入り口のほうを示し、一緒に外に出ようと促している。

ソフィアは一瞬ためらったものの、父側の理由は大体想像できるので、ライアス側の意見をきちんと聞いてみようと思った。

「分かりました。落ち着いてお話できる場所に向かいましょう」

「ソフィア……」

父が真っ青な顔になってこちらを見ているが、彼女は安心させるように微笑んだ。

「ご安心なさって、陛下。お話するだけです」

父に頷いてみせてから、ソフィアはライアスが差し出した手に一瞬とまどって、結局はエスコートされて舞踏会の会場を離れた。

「どう話したものか」

ヤシの木や噴水、南国の花々が咲き乱れる中庭に着き、夜気で冷えたベンチに座り、ライアスが呟《つぶや》く。

庭には等間隔に篝火《かがりび》があり、夜でありながらも危なくなく散歩が楽しめるようになっている。

「私は父から何も知らされておりません。その非礼についてはお詫《わ》び申し上げます。我が父は善良な国王ですが、個人としては優しすぎる面があります。きっとラガクードという大国や、陛下のお人柄に恐れをなし、私に対しても『皇帝陛下に嫁げ』と言えないでいたのかもしれません。陛下に怯《おび》えはすれど、国や家族を守ろうとする気概は人一倍の、自慢の父ですから」

ソフィアはおっとりとしているが、言うべき事はきちんと言う性格だ。

縁談を黙っていた父の心理を第三者的な視点できちんと分析した上で、ライアスの怒りを買うか分からないが、ありのままの現状を伝えた。

「……なるほど。エリオット王ならあり得る話だな。それでは五年ものあいだ、私の求婚を断り続け、無視をしたのはあなたの意志ではないと思っていいのだな？」

「はい。ですから、五年前に求婚しようと思われたきっかけから、現在に至るまでの事を、ご説明頂けたらと思います」

ひと一人分空けた隣に座り、腿《もも》の上に両手を揃《そろ》え、ソフィアは金色の瞳でライアスをまっすぐに見つめる。

儚げな印象でありながらも肝の据わった態度を取るソフィアを見て、ライアスはフッ……と小さく笑ってから長い脚を組み、一つ息をついて話し出した。

「初めて私とあなたが出会った時の事を覚えているか？」

「……私が十九歳の時の大陸会議で、陛下に……その、失礼な事を言ってしまったのは覚えております」

「確かに第三者的に見たら失礼と取れたかもしれないな。……私は十七の時に父を亡くした。それから数年は帝国を自分の理想の国家にするために手段を選ばずがむしゃらに働き、当時は理由があり心を荒ませていた。十八歳の時にあなたに叱られた時も、心をささくれさせていたから、この現状は当然の報いだろう。気に病まないでほしい」

ライアスが十八歳、ソフィアが十九歳の時にも大陸会議があった。

その時に見かけたライアスはとても――率直に言ってしまえば人相が悪く、どす黒いオーラを醸し出していた。

彼を見た人が青ざめて道を開けるほど、手負いの獅子のような獰猛《どうもう》さがあった。

そして事件のきっかけは、ソフィアの侍女が、ちょっとした弾みでライアスにぶつかり、彼のマントを踏んでしまった事にある。

青ざめた侍女は地に這《は》いつくばって詫びたが、ライアスは青筋を浮かべて怒りを露わにしていた。

「……あの時の私は、すぐに人と会う予定があったから、マントを汚されると非常に都合が悪かった。大陸会議のような大舞台で、帝国の皇帝がマントに足跡をつけていては示しがつかない」

「ご事情をお察し致します。あの時の私も、自分の侍女を必死に庇《かば》うばかりに『そのように悪魔のように怖いお顔をせずとも、私の侍女は反省しております』と言ってしまいました。……今は言葉が過ぎたと反省しております」

あの時の自分の行動は、蛮勇だったと言っていい気がする。

主人として侍女を庇い、責任を持つのは当たり前の事だ。だが場所は大陸会議が行われている宮殿で、相手はこれから大事な話し合いを控えている貴人だ。

今思えば歯向かわず、侍女と一緒に頭を下げて謝るべきだった。

それでもいつも身の回りのこまごまとした事をしてくれて、姉妹のように時を過ごした侍女が、あんな風に命の危機を覚えて怯えていては、ソフィアも黙っていられなかった。

「……あなたの行動は主として正しかったと思う。私には私の言い分があるが、あなたにもあなたの正義があった。私がたわいのない事として処理しておけば、すべて丸く収まった」

冷静に話すライアスの言葉を聞き、ソフィアは内心「あら？」と思った。

（怖いというイメージしかなかったけれど、この方は思っていたよりもまともな話し合いのできる方かもしれないわ。思ってみれば、先帝陛下の治世より今の帝国の方が発展していて、国境周辺での諍《いさか》いもなくなっている。怖いのは雰囲気だけで、もしかしたら……）

自分がずっとライアスを勘違いしていた可能性に気付き、ソフィアは改めて隣に座る彼を見た。

何とはなしに前方にある噴水を見ている彼からは、先ほどの「求婚を断ったら殺す」というオーラは消えていた。

脚を組んでベンチの背もたれに体を預けている姿勢は、リラックスしきった体勢に思える。

（私に心を砕いてくださっている、という事かしら……？）

君主たるもの、人前では背筋を伸ばして座り、威厳をもって接しなければいけない。

そういう決まりがある訳ではないが、少なくともソフィアの知る王族は、人と話す時にはとても姿勢良く座り、または立ち、相手に失礼のないように、そして自分を最大限良く見せるように心がけている。

よって現在のライアスの態度を、「失礼」というより「気を許している」と感じていた。

「話は戻るが、その時の事をきっかけに、私はあなたに興味を持つようになった。正直、私は自分が周囲から恐れられていると理解している。なのでか弱そうな外見の割に、侍女の前に立って私に刃向かうあなたの姿がずっと心に残っていた」

「……お恥ずかしい限りです」

他国の王太子や王子たちは、ソフィアを「お美しくて、姿絵を見ただけで惹《ひ》かれてしまいました」や、「お優しい方だともっぱらの噂です。さすが〝聖女〟ですね」と、流布している情報で褒めちぎり、求婚してきた。

それに対し、ライアスはソフィアがうっかり見せてしまった素の部分を見て、興味を持ったと言う。

ソフィアとしてもきっかけが意外すぎて、どう反応すればいいのか分からない。

「六年前にあなたを意識してから、一年近く頭から離れなくて悶々《もんもん》としていた。一年後に思い切ってエリオット王に『ソフィア殿下にお会いしたい』と書状を出したが、返事が『お許しを』だった」

「お許しを？」

父の返事が理解できず、ソフィアは思わずオウム返しに問い返す。

「恐らく、あなたが侍女の件で私に刃向かったのを聞き、その復讐をするつもりだと勘違いをしたのだろう」

「ああ……！　父ならあり得ます」

ソフィアは思わずポンと打ちそうになった挙げかけの両手を止める。

「それから私は誤解であると伝え、何とかしてあなたに会えないかと手紙を送り続けた。だが毎回エリオット陛下は頭にくるほどの達筆で『娘に非礼があれば私が謝罪致します』と思い込みを譲らない返事を返し……。正直、ずっとそれでイライラしていた」

「なるほど……。それは申し訳ございません。父は謝っても構わないと判断した場合は、謝罪の玄人かと思うほどの見事な謝罪を致します。君主として譲れない場合は、頑として譲らないのですが……」

「分かるか？　私はあなたと連絡を取りたいのに、誤解して何をしてでも娘を守ろうとする父親の、長文美麗文字の手紙が長々と続く。正直、拷問だ」

うんざりしたようなライアスの顔を見て、ソフィアは思わず手で口元を覆い笑い出していた。

「んっふっふっふ……。ふ……っ、し、失礼……っ」

確かに父の字は美しい。国内のペン字大会で一般人に混じり賞をもらった事もある。

だがライアスからすれば、ソフィアと会って話をしたいと思っているのに、自分の父親ほどの年齢の国王から、毎度長々と美文字の謝罪文を送られれば、げんなりもするだろう。

「……いや、笑ってくれて良かった。あなたに恐れられていては困るから」

ライアスから柔らかな雰囲気を感じ、ソフィアは彼の顔を見る。

「……恐れながら、先ほどユスリー殿下との会話に入り込んできた陛下は、人を殺した直後のような空気を醸されていて、とても怖かったです」

今のこの雰囲気なら言っても大丈夫だろうか、と思い、ソフィアは正直に打ち明けた。

するとライアスは片手で顔を覆い、指で眉間を揉む。

「……すまない。ずっと気にしていたあなたが他の男と話していたから、ついカッとなった。臣下からも『陛下はご立腹されると人を殺すような殺伐とした雰囲気になりますので、ご注意を』といつも言われている」

「……怒ってはいたのですね？」

「正直を言えば」

素直に認めてくれるライアスを、ソフィアは次第に「可愛い」と思うようになっていた。

誰もが恐れる冷酷な皇帝に、こんな隠された一面があるとは思っていなかったのだ。

「帝国は広い。生まれた時から今の領土だったから、それについて愚痴をこぼしても仕方がない。だが帝位を継いだ以上、自分の持てる力すべてを注いで帝国を豊かにするのが私の夢だ。これ以上の領土拡大や戦争には興味を持っていない。自国のすみずみまで民を満足させ、歴史に残る名君と言われるのが個人的な目標になっている」

「はい」

まじめな話になり、ソフィアは姿勢を正して頷く。

「だからあなたに会いたいと思っていても、最速の飛竜があったとしても、毎日の公務や執務に追われて、なかなか纏まった時間を取ってサリエール国に向かえなかった。他国の国王と顔を合わせるとしても、必ずしもサリエール国と個別の予定がある訳ではない。大陸会議は三年に一度あるが、あなたは前回の集まりの時に参加していなかっただろう？」

「ええ、二十二歳の時は少し風邪気味でした。体調はそれほど悪くなかったのですが、……その、父に『休んでいなさい』と強く言われてしまいまして」

そこにまたエリオットの邪魔が入ったと知り、ライアスの目が殺気を帯びる。

彼の唇が「あのジジイ」と動いたのは、ソフィアは気づいていない。

「それで最初の話に戻るが、『会って話をしてみたい』と思っていた気持ちが、五年ものあいだ邪魔をされ、執念になって『絶対に手に入れてみせる』という想いにまで膨れ上がってしまった」

「……祟《たた》り神のようですね」

そっと哀れなものを見るような目をしたソフィアに、ライアスは項垂れる。

だがすぐに顔を上げ、座り直して体ごとソフィアに向き直った。

「五年もの間、あなただけを頭に思い浮かべて過ごしてきた。あなただけを想っているうちに、他の女など目に入らなくなってしまった。だから、私と結婚してほしい」

――突然すぎる。

思わずソフィアは心の中で突っ込みを入れ、目を閉じた上で眉間に深く皺を刻み、考え込む。

もともとはライアスに逆らったのが、彼の気を引くきっかけとなった。さらにエリオットの斜め上な親心が事態をややこしくさせた。

最初はライアスも、単にソフィアに会って話をしたかっただけなのだろう。

冷酷非道な皇帝と言われた彼に、歯向かって対等に話をする女性というのは珍しかったのかもしれない。

もしかしたらそこから、新しい友情が生まれていたかもしれなかった。

だがライアスの願いは簡単には叶わず、彼は五年もの間「待て」をされていた。犬ならエサが欲しくて辺り一面涎《よだれ》まみれになっている。

(涎が垂れない代わり、陛下の『会って話がしたい』という気持ちが怨念のように強まって、『結婚したい』になってしまった……と)

頭の中で今までの会話のおさらいをし、ソフィアは溜め息をつく。

(この方、厄介な方だわ)

最初から付き合いやすい人ではないと思っていたが、皇帝の強い信念は一だったものを百や千にまで変えてしまうようだ。

「……少しお待ち頂けないでしょうか？　今度こそきちんと私からお返事致します。私一人では決める事ができない国の未来に関わるお話ですし、父や家族、臣下と話し合う必要があります」

「分かった。大陸会議が終わり、帰国して一週間待とう」

「できればもう少し猶予を頂けるとありがたいです。一週間と言えば、帰国してすぐになります」

「む……そうか。では二週間ではどうだ？」

(あまり変わらないわ……)

せめてひと月ぐらいくれても……と思うが、「待て」をされ続けた犬は鎖がビンッとなるまで引っ張り、全力で尻尾を振り回している。

「二十日以内には……とお約束します。宜しいですか？」

「ああ。分かった」

これで話はおしまいだと思い、ソフィアは立ち上がる。

だがその手を突然ライアスが握ってきて、体勢が崩れた。

「きゃっ……」

立ち上がり掛けたが尻餅をつくように重心が後方に傾いてしまったソフィアを、後ろからライアスが包み込む。

「…………」

男性の肉体をこれほど近くに感じたのは初めてだったので、ソフィアはカッと発火したように赤面した。

そのままライアスの片腕がソフィアのお腹にまわり、優しく閉じ込めてくる。

「あの……、何を……」

緊張して震える喉を、ライアスの指先がツ……ッと撫《な》でてくる。指はソフィアの顎に至り、思わず上を向いてしまう。

吐息が、震えた。

ライアスの体温が衣服越しに伝わり、押しつけられた胸板から彼の鼓動が伝わってくる。

やがてライアスは指でソフィアの唇を、ゆっくりと時間をかけて撫でた。

ソフィアの唇の感触を覚え込もうといわんばかりの触れ方に、彼女の心臓は嫌でも高鳴り、思わず力任せにライアスの腕を振りほどく。

「じょ、冗談はおやめにな……っ」

二、三歩離れてライアスを振り返り、ソフィアの目は驚愕《きょうがく》に見開かれた。

ライアスはソフィアの唇を撫でていた指を、自分の唇に押しつけ、強い瞳でこちらを見据えている。

「…………っ」

怖いという印象しかなかった皇帝の人間的な面を見たかと思うと、剝き出しのオスのような色気を見せつけられた。

今まで気を許して会話をしていたからか、彼が本当はとても強いオスで、その気になればソフィアなどすぐに取って食われるだろう事を今さらながら理解する。

ライアスの舌が自分の指を舐《な》めているさまは、まるで間接的にソフィアの唇を舐めているようにも思える。

（ひっ……卑猥《ひわい》だわ……！）

顔を恥辱に染めたソフィアは、「失礼致します」と足早にその場を立ち去ろうとする。

「待て。悪かった。からかいすぎた。夜に供もつけずに一人で移動しようとするな」

だが後ろからライアスが追いかけてきて、足の長さゆえかすぐに追いつかれた。

「怒ったのか？」

「怒っておりません。私は国では〝聖母〟と呼ばれております。ゆえに大らかな性格のつもりですわ。言ってしまえば〝おかん〟です」

下町の男たちが自分たちの母親を〝おかん〟と呼んでいるのを例に出し、ソフィアは顔を赤くしたまま、早足に宮殿に向かう。

「あなたのような美しくて魅力的な〝おかん〟もいないだろう」

「あだ名など一人歩きするものですから、分かりません」

そう言いつつも、普段〝聖母〟と言われおっとりとしたソフィアは、ライアスの前でいつもの自分を保っておられず、調子が狂いっぱなしだ。

「怒らせたのならすまない。連絡を待っている」

宮殿に到着して舞踏会会場に入ろうとするソフィアに、ライアスが声を掛けた。

「約束は守ります」

彼にそう告げ、ソフィアはワルツ音楽が流れ煌《きら》びやかなシャンデリアが下がる、異国のドームの中に入った。

＊＊

大陸会議は無事に終わり、ソフィアは砂漠の国から緑の多いサリエール王国に帰国した。

帰って数日は疲労から体調を崩しがちなので、ゆったりと体を休める事に専念する。

だが帰国から五日経って、家族会議が行われる事となった。

議題はもちろん、ライアスからの求婚だ。

「帰国してすぐ、皇帝陛下から手紙が届いた。『色よい返事を待っている』と」

エリオットは顔色が悪く、ここ数日でめっきり老け込んでしまったように見えた。

「お父様、私への求婚でしたら教えて頂ければ、当事者である私が考えますのに。娘への求婚を復讐だと思い込み、一方的に突っぱねるというのはあまりにも……」

あの時のライアスの様子を思い出し、ソフィアは中立の立場でものを言う。

「お前は冷酷非道と呼ばれている皇帝に、いいように弄ばれるのを望むのか？」

エリオットは信じられないという顔で娘を見て唇を震わせる。

「お父様はいささか早合点されていると思います」

そう断ってから、ソフィアはライアスの本当の気持ち――と思われるものを代弁した。

彼が望んでいたのはソフィアという個人と話をする事。決して自分に歯向かった、生意気な女を手酷くいじめてやろうという意味ではなかった……と。

そのあとに、五年もの「待て」をされたライアスの心の中で、〝話をしたい〟が〝結婚したい〟に膨れ上がった異様な変化については、ソフィアもフォローのしようがなかったのだが。

誤解は一応解けたように思えたが、エリオットはいまだ物憂げな表情のままだ。

「私としてはお前が帝国に嫁いでもろくな事にならないと思っている。お前は王女として素晴らしい存在だ。白魔術の腕も群を抜いているし、臣下からも民からも慕われている。いまだお前を妻にほしいという列国の王族・諸侯からの声も多い」

どうしてもエリオットは、ライアスとソフィアを一緒にしたくないようだ。

「逆にお尋ねしますが、お父様はなぜ私が皇帝陛下と結婚する事に乗り気ではないのです？」

「……帝国はこの大陸で一番広大な領土を有している。それは抱える問題も一番多いという事だ。皇妃となればお前の責任や仕事も増える。皇帝陛下の申し出について誤解があったのは認める。だがあの方が帝位を継いでから荒っぽい方法で帝国をまとめたのは事実だ。粛清とも言える、非道な方法を採れる決断力と冷酷さのあるお方の、私生活での顔が温厚とは思えない。……お前が結婚して苦労をし、最悪何かがあれば処刑される……という事まで考えてしまい、夜も眠れない」

「………仰る通りですが……」

父の言い分は分かる。誰もが考えるまっとうな理由だ。

だがソフィアは、ライアスと個人的に話したあの夜の雰囲気を印象深く覚えている。

彼は確かに畏怖されている皇帝だ。

けれどそれを彼のすべてとするのも、また早計な気がする。

（人々の言う『皇帝陛下は冷酷非道なお方』という〝一般論〟〝噂〟と、私がこの目で見たあの方の人間らしい不器用さ、優しさ、温もり……。どちらを信じるべきかは、私が決

めなければいけないわ）

ソフィアは目を閉じ、自分の胸に手を当てて考え込む。

やがて目を開けて顔を上げると、父王を見据え、家族全員に向けて告げた。

「私、今回のお話を前向きに考えてみようと思います」

家族全員が息を呑《の》み、驚愕するなかでソフィアは微笑んでみせる。

「私の個人的な想いからそうしたいという気持ちもありますが、帝国と婚姻により横の繋《つな》がりを得られれば、今後のサリエールも安泰だと思うのです」

「それは……そうだが」

父の反応を見て、ソフィアはアンナに申し訳なさそうな視線を向けた。

「アンナ。私が皇帝陛下に嫁ぐ事になれば、いずれあなたがサリエールの女王になる未来がくるわ。それでも……いいかしら？」

妹は姉の問いに少し不安そうな表情を見せたが、そのあとしっかりと頷き微笑んだ。

「お姉様が結婚して幸せになれるのなら、私は応援したいわ。サリエールの事は心配せず、お姉様はご自身の結婚と幸せを考えて」

「ありがとう」

結婚について、今までソフィアは良い縁談がこないかひたすら待つしかしなかった。

その結果、お世辞にも良い相手とは言いがたい男性しか現れず、惨憺《さんたん》たる結果となってしまった。

ならば今、ライアスを少しでも「良い」と思って気に掛かるなら、自ら動いて確認してみればいいと思ったのだ。

だがソフィアの行動にエリオットが反対する。

「な……っ、い、今言っただろう！　お前が苦労する未来しか見えない。わざわざ破滅するために嫁ぐ事はないんだ」

テーブルに掌を押しつけ、ギュッと指に力を込める父を見て、ソフィアは首を横に振った。

「私の未来は私が作ります。不確かな情報と噂だけで誰かを決めつけるのは嫌いですし、私が実際お話をした陛下のお人柄を信じたいです。ひとまず帝国に向かい、皇帝陛下の人となりを摑《つか》んでから、婚約について考えたいと思います。民も今さら私が新たな男性のもとに向かって、仮に戻ってきたとしても『またか』としか思わないでしょう。悲しく、情けない話ですが、今はそれを利用したいと思います」

ソフィアの男運のなさは折り紙つきで、今まで十回近く破談となってきた。

これ以上恥を重ねたくないという気持ちは、もちろんある。

それでも自分の結婚がいつまでも決まらなければ、サリエールの未来も不安だろうし、アンナも姉を差し置いて幸せになりにくいだろうと思っていた。

ならば自分の恥を上塗りしてでも、まずは行動してみなければと思った。

きっぱりと言い放ったソフィアを、エリオットは呆然《ぼうぜん》として見ている。

心配してくれているのに申し訳ないなと思いつつ、今のままでは誰も前に進めないと思う。だからこそ心配性な父には、多少強めに言わなければいけない。

「私が不幸になると、決めつけないでください。私はサリエールの王女ですが、私の人生は私のものです。嫁いだ先でどのような事になろうとも、今まで培った知識や経験で打ち勝つ。それが本来あるべき王族・皇族の婚姻ではないでしょうか」

普段は温厚なソフィアが断言した事で、その決意が強いと思ったのだろうか。

エリオットは溜め息をつき、疲れた声を出す。

「……そこまで言うなら、自分の目で帝国を確かめてきなさい。私も皇帝陛下の事を直接存じ上げず、勝手な憶測をしてしまったかもしれない。ただし、帝国に滞在する期間は最大半年までとする。それまでに皇帝陛下と婚約すると決められなければ、一度サリエールに戻ってきなさい。時に、情だけが移って冷静な判断ができない場合もある」

「分かりました。我が儘《まま》を聞いてくださり、ありがとうございます」

ソフィアは頭を下げ、紅茶を一口飲む。

サンルームの外では春の花々が咲き乱れ、この世の楽園かと思う景色が広がっている。

それをぼんやりと見ながら、ソフィアは自分が意地になって父に対抗してしまった事に内心驚いていた。

（ムキになるほど、陛下に肩入れする感情は持っていなかったはずだけれど……）

無意識に自分の胸に手を当て、ソフィアは溜め息をつく。

ソフィアのそんな姿を妹のアンナはじっと見つめ、そのふくよかな胸元を見てから自分の胸元を見下ろし、――溜め息をついた。


その後、帰国して十日ほどでソフィアはライアスに手紙を出した。

内容は『すぐに求婚に応じる事はできませんが、お互いを知るために、帝国側さえ良ければ、婚約を前提にそちらに滞在させて頂きたいと思います』という旨だ。

同時期にエリオットからもライアスに、今までの詫びと娘を帝国に向かわせるという主旨の手紙が送られた。

待っていましたと言わんばかりにライアスは速飛びの飛竜を寄越し、すぐにでもソフィアを迎えに行かせると返事をしてきた。

エリオットは臣下たちには、ソフィアはライアスに望まれ、婚約者となるのを前提に国を空けると告げた。

臣下たちは「また破談にならなければいいが……」という表情をしていたものの、嫁き遅れになっているソフィアの嫁ぎ先が決まるなら……という事で、彼女が関わる公務なども調整してくれた。

準備が整ったあと、ソフィアは速やかに帝国に向かう支度をする。そして迎えの飛竜に乗り、荷物は地上の馬車に任せて帝国に向かった。

姉が旅立ってすぐ、アンナがとある出来事を起こしてしまったのは、またあとの話になる。

＊＊

（暇だわ……）

帝国に着いてライアスの宮に案内されたはいいが、ライアスとは初日に挨拶をして「よく来てくれた」と言われて以降、ろくに話せていない。

同じ宮にいるというのに、朝はソフィアより早く起きて体を鍛え、そのまま執務室に向かってそこで食事をしているらしい。

外出して見回りをしたり外国の大使と会ったりする事も多く、昼食もまず一緒にとれない。

唯一夕食のみ時々一緒にとる事ができたが、一見普通に振る舞っているものの、疲れを滲《にじ》ませている彼を見ると、会話を続けるのも申し訳なくなる。

「姫様。帝都は意外に美しい所ですわね」

四人の侍女はサリエールからついてきた者達で、今もソフィアの身の回りの世話をしてくれている。

護衛をつれているなら宮殿の敷地内はどこに行ってもいいと言われているので、ソフィアは侍女たちと日々散策をしている。

帝国は国土が広大であるがゆえに、国内からさまざまな植物が取り寄せられ、これまでに見た事もない美しい庭園が造られている。

歩いても歩いても飽きの来ないよう工夫が凝らされた庭園は目を楽しませ、疲れた頃合いになればベンチや東屋が配され、美しい噴水や花壇もある。

配慮の行き届いた庭に感嘆していると、放し飼いにしているのか野生なのか、色鮮やかな鳥が空を横切った。地上には七色の羽を持つクジャクや、純白のクジャクが歩いている。

また厩舎《きゅうしゃ》には様々な種類の馬が飼われ、中には長く美しい鬣《たてがみ》を持つ黒馬や、金色の体毛を持つ珍しい馬もいた。

頑丈な柵で囲われた中には肉食獣を飼う区域もあり、獅子や虎、豹《ひょう》やジャガー、他に狼《おおかみ》なども いる。

「まるで動物園ね。サリエールの国立動物園より、稀少な動物が多いように思えるわ」

係の者からどのように世話をしているか話を聞き、また歩き始めたソフィアに、侍女が溜め息混じりに言う。

「ありとあらゆるものを持つ皇帝陛下なのに、なぜ自ら招いた姫様を放置していらっしゃるのでしょう。『時間がない』は理由になりませんわ。なければ作ればいいのです。『仕事が忙しい』を理由にして、女性に振られる殿方のなんと多い事か。私は知り合いからよく聞き及んでいます」

　自分たちの大切なソフィアがないがしろにされていると侍女が怒り、残る三人も「その通りです」と頷く。

「とはいえ、相手は皇帝陛下だものね……」

　ソフィアはあくまで中立になり、侍女に賛同も否定もしない。

　ライアスが忙しい人だとは最初から分かっていた。彼も「そのうちきちんと時間を取る」と言ってくれたので、それをのんびり待とうと思っている。

「姫様？　時間を作れない男は能力が低いのですって」

　ツンと侍女が言い、他の三人も「その通りよ」と頷く。

「そう言ってはいけないわ。国内の政をし、各都市や街、村という単位まで民の声を聞いて、その要望に応えようとするのは並大抵のお仕事ではないわよ。むしろ私が心配しているのは、噂に聞いた〝粛清〟があったあと、臣下がきちんと陛下の言う事を聞いてくれているのか、という事だわ。いくら陛下が有能であらせられても、臣下が協力してくれなければ膨大な仕事に潰されてしまうわ」

　実際帝国に来て、ライアスの立場がどうであるか、ソフィアもあまりよく把握していない。

　帝国の貴族に尋ねるにしては、ソフィアはまだ〝客人〟であり、内部を気やすく話す相手ではない。

ましてや皇妃となる可能性がある女性ならば、滅多な事は教えてくれないだろう。

「どんな理由があっても、自分から求婚しておいて、いざ帝国に呼び寄せれば放ったらかし……。私たちはその不実さが許せないと申しているんです」

ライアスの〝理由〟を挙げるソフィアに、侍女は焦れったそうに言って頬を膨らませる。

「ありがとう。私のために怒ってくれて感謝しているわ」

ソフィアに肯定され、侍女たちは嬉《うれ》しそうな顔をする。

「けど、もう少し待ってみましょう。それまで私は帝国の気候に馴《な》染み、ここで出される食事にも舌を慣らし、宮殿や庭園の様子などを聞かれても答えられるよう、準備しておくべきなのだと思うわ」

「姫様がそう仰るなら……」

一度自分たちの意見を受け入れてもらえたからか、侍女たちは渋々と頷き散歩を続ける。

ソフィアも自分の日傘を持ち、これから夏になりゆく庭園を歩く。

(けれどこのままではいけないわ。陛下とろくに言葉を交わせず、親密になれないまま、あっという間に半年が経ってしまうかもしれない。そうなる前に、話し合いの場をきちんと設けなくては)

そう思っていたが、ライアスの多忙は続き、季節はあっという間に夏を迎えてしまった。

＊＊

一つ、衝撃的な事があった。

夜に寝付けず、星空でも眺めようと思ってソフィアは部屋を抜け出そうとした。

ネグリジェの上にガウンを羽織り、履き物を足に突っかけて部屋の外に出た。

部屋のすぐ前に控えていた衛兵には「外の空気を吸ってきます」と告げ、彼が「お供致します」と言ってくれたので、ありがたくついて来てもらう事にした。

（こんな夜になっても、ライアス様はまだお仕事をされているのかしら？　それとも、もうお休みになっている？）

ぼんやりと考えながら廊下を進み、ルーフバルコニーのある方へ歩いて行こうとした時、小さな声で話す男女の声が聞こえた。

誰かに見られてまずい事をしている訳ではないが、夜中に男女の声を聞くと、誰かの密会に鉢合わせてしまったのでは……？　と、逆にソフィアがギクッとする。

どうしようか悩んで立ち往生したあと、ソフィアは近くにあった観葉植物の陰に隠れ、衛兵に「そこに立って見張りをしているふりをしてくれる？」と声を掛けた。

「は、はい」

ソフィアの気まずさを理解していない衛兵は、夜中の宮殿で男女の声を聞くのにも慣れているのだろうか。

男女が通り過ぎるまで観葉植物と衛兵の陰に隠れてジッとしていると、二人の声が近付いてきた。

「お人が悪いですわ。ライアス様」

そこでいきなりライアスの名前が出て、ソフィアはドキッとした。

（えっ？）

耳を澄まし、観葉植物の陰からそっと窺《うかが》うと、ライアスが女性の肩を抱き、歩いてきたところだ。

女性はうら若い……というより、結婚をして小さな子供がいそうな年齢だ。そのぶん大人の色気があり、ライアスと視線を交わして微笑み合う姿もどこか妖しげな雰囲気がある。

（私とはなかなか会う時間を取ってくださらないのに、どうして……）

その時、〝聖女〟〝聖母〟と言われるソフィアらしからぬ、黒い感情が胸の奥に芽生えた。

嫉妬――だ。

（私に求婚しておいて、私が帝国まで来たというのに、私の事は放っておいて別の女性と会っているの？）

あまりに酷い、と思ってしまったが最後、醜い感情が心の奥底から溢れて収集がつかなくなる。

「飲み過ぎだ。早めに休んだほうがいい」

ライアスの口ぶりと、女性の雰囲気からして、女性が酔っ払っているのは理解する。

だがソフィアを差し置いて女性の肩を抱き、こんな時間に二人で歩いているのはどういう事か。

「〜〜〜〜……っ」

二人の姿が廊下の角を曲がって消えるまで、ソフィアは息を殺したままだった。

完全に二人の気配がなくなってから、ソフィアは大きな溜め息をついて観葉植物と衛兵の陰から出る。

「外に出られますか？」

「……いいえ。部屋に戻るわ」

ライアスが時間を作ってくれるまでのんびり待とうと思っていたが、その気持ちを踏みにじられた気がする。

（いつまでも大人しく待っているから、いいように扱われているのかしら。このままでは簡単に半年が経ってしまう。ただ興味を持った女を側に置きたいと思っただけだったら？

……私は、ライアス様の玩具ではないわ）

胸の奥にどす黒い感情を抱き、ソフィアは涙が滲んでしまいそうになるのを堪えて部屋まで戻る。

ベッドに倒れ込むようにしてうつ伏せになると、涙が一粒零れて寝具に吸い込まれる。

――私の事を見てほしい。

――無視しないでほしい。

――私に求婚したなら、私にもっと言葉をかけて。

――私に向き合って、会話をして、大陸会議のあの夜のようにもっとライアス様という方を教えてほしい。

今までソフィアは〝待つ〟という選択肢を採っていた。

ライアスは忙しいだろうし、女性からグイグイといくのははしたない。

そう思い黙って待っていたが、これではあんまりだ。

「……次にライアス様に顔を合わせる事があったら、きちんとお話ししなければ。国を空けてまで帝都に来た意味が分からなくなるわ」

呟いて唇を嚙み、ソフィアはギュッと目を閉じると余計な事を考えないように、努めて心を落ち着かせた。

＊＊

衣食住、すべて満たされている。

ライアスと話す時間はそのあとも設けられなかったが、彼はソフィアに贈り物をする事だけは欠かさなかった。

帝都で人気らしいデザイナーがソフィアを訪れ、流行のドレスやアクセサリー、靴や帽子を特注で請け負っては、他にも注文している者がいるだろうに、最短とも言える納期で仕上げてくる。

お陰でソフィアの衣装部屋はパンパンだ。

ライアスはソフィアだけでなく、侍女四人にも好きなようにドレスなどを注文させていた。なので最近は侍女たちのライアスへの文句も少し減った気がする。

とはいえ、ソフィアは会えない時間を物で誤魔化されている気がしてならない。

（こんな事をしなくても、日に十分でも会ってお話できれば、私は満たされるのに）

周りを素晴らしいドレスや宝石、美しい花で埋め尽くされても、ソフィアの心には何も響かない。

それだけの配慮をする気持ちはあるのに、なぜ直接言葉を交わす時間を割けないのか、と思ってしまう。

（私と会いたくない……？　けど、たまに夕食をご一緒した時は、普通に『最近はどうだ？』と話題を振ってくださるわ）

以前ライアスがお預けをくらった犬のようだと形容していたのに対し、今はソフィアが「待て」をされているように感じる。

最初こそ悠長に「待つわ」と思っていたのに、今はライアスの事ばかり考え、「なぜ話せないのか」と苛立ちが増している。同時に、たまに夕食を一緒にとる事ができても、彼の発する疲労を前にすると、言いたい事が言えなくなってしまう。

そのムシャクシャを晴らすかのように、ソフィアは最近早朝に起きて一人で散歩する事が多くなっていた。

朝食後などなら、必ず護衛や侍女が同行する。だが、早朝に起きてこっそり自室を抜け出す分には、自分の望む速度でスタスタと無心に歩けた。

庭園の作りはこの数か月で頭に入っているので、ソフィアは日によってコースを変えて歩いていた。

(あら……？)

この辺りで折り返そうと思っていたひと気のない場所まできて、ソフィアはふと、人の息づかいを感じ、木立の奥へ向かう。

そこには抜き身の剣を手にし、肌を露わにした上半身にびっしりと汗を掻いたライアスがいて、剣先を地面に立てて呼吸を整えていた。

(見るからに、一人で鍛錬していたように思えるけれど……)

ライアスの横顔は険しく、ただでさえ疲れている体を自ら虐めているように思える。

その姿を見ているとなぜか苛立ちが増し、ソフィアは大股に彼のほうに近付いていった。

「ソフィア……殿下」

「お久しぶりです」

わざとらしい言い方をし、ソフィアは適当な距離まで近付くと溜め息をつく。

「ご多忙のなかでも、日課の鍛錬は欠かさないのですね」

自分でも怒っているのか、彼に嫌みを言いたいのか分からない。

ただ何でもいいので、ライアスと話をしたかった。

ライアスも自分の立場を分かっているのか、決まり悪そうな顔をして黙り込む。

「……すまない。あなたに求婚して帝国に呼び寄せておいて、いざ向き合うとなるとタイミングを失ってしまった。忙しいのは本当で、それでもあなたとちゃんと話そうと思っていた。けれど時間が経つにつれてきっかけが分からなくなってしまった」

やがて彼が口を開き、ソフィアはライアス側の言い分も理解する。

（けれど、真夜中に女性と歩く余裕はあるのに、私の事は放置するだなんて……）

先日の事がまだ胸の奥にあり、ソフィアの気持ちはねじれていた。

「……夜に女性を介抱されるお時間はあるのですね」

ついそんな言葉が口をついて出て、眼差しまできつくなってしまう。

「は……？」

ライアスはポカンとしたあとに視線を左上に向け、何事か考えていた。

だがすぐに「ああ」と合点のいった顔になり、困ったように笑ってみせた。

「臣下の妻を客間まで送った時の事だろうか。……あの時は会議が夜遅くまで長引いて、途中から食事と酒も入ってしまった。大臣の妻が夫の様子を見に来て、そのついでに差し入れを持ってきてくれた。彼女もその場で一緒に飲食したのだが、酒に弱い体質だったのか酔っ払ってしまった。〝会議〟は終わったが、参加者たちの〝おしゃべり〟は続きそうだったので大臣は会議室にそのまま残り、私が彼の妻を送った」

「……はぁ……」

臣下の妻と言われ、ソフィアは納得する。

「どこで見られたのか分からないが、あのあと彼女を客間まで送ったあと、私も部屋に戻って休んだ。飲食が必要になるまで、会議を長引かせるものではないと反省したのだが……。そうか、あの時あなたに見られていたのか」

ライアスはばつの悪い顔になり、「誤解を与えたのなら申し訳ない」と謝罪する。

「ご事情は分かりました。私こそ意地悪な物言いをしてしまい、申し訳ございません」

溜め息をついたあと、ソフィアは苦く笑った。

「てっきり、陛下を五年待たせてしまった、意趣返しをされているのかと思いました」

「そんな訳ないだろう！」

ライアスは驚いたような声を上げ、目を丸くして見つめてくる。

「だと思いました。確認できて良かったです」

溜め息混じりに微笑み、ソフィアは近くにあったベンチに座った。

こんな場所にあるベンチに、誰が座るのか分からないが、もしかしたら宮殿の貴族が逢《あ》い引きに使っているかもしれない。

そう思うと、ただのベンチもロマンチックに思える。

（でも私と陛下の間には、目も眩《くら》むようなお宝はあっても、気持ちの交流は何もないわ）

ひとつ深呼吸をすると、ソフィアはまっすぐライアスを見た。

「陛下。恐れながら陛下は働きすぎだと思います。こんな早朝から鍛錬をし、朝食はテーブルでお召し上がりにならない。週に一回、私と夕食を共にできればいいほう。お忙しいのはお察しします。ですが陛下ご自身の個人の時間はどこに？　陛下はそれで幸せですか？　陛下が私を妻にと望んだのに、私を放ったらかしにして私が幸せになれるとお思いですか？」

帝国に来て放置されていた長い間、ずっと考えていた事をやっと口にできた。

ライアスはソフィアに言われた言葉をポカンとして聞き、ソフィアがそんなふうに考えていると、初めて知ったという顔をしている。

その反応に、ソフィアは「もしかして……」と思う。

「今まで誰かに言われた事はありませんか？」

「あ、ああ」

呆然としたまま頷くライアスを見て、ソフィアは急に彼を気の毒に思った。

（きっと冷酷非道の皇帝と恐れられているから、誰も忠告できなかったんだわ）

それが分かると、だんだん宮殿内での彼の立場も理解できてきた気がする。

溜め息をつき、ソフィアは時間の猶予についても話した。

「私は父から、長くても国を空けるのは半年だと言われています。陛下が幾ら素晴らしい方で、長い間私を想ってくださっていたとしても、私は決められた時間の間に陛下のお人柄を見極めたいと思っています」

「半年……」

最初にソフィアを出迎えてくれた時も、ライアスは忙しそうで期限を話せなかった。

ソフィアが帝都にいられる時間を初めて聞いたライアスは、目を見開いて驚いてから、沈黙して何やら考え始める。

だが彼の言葉を待たず、ソフィアは自分の言葉をすべて告げる事にした。

「私はサリエールの第一王女として結婚を考えなければなりませんが、次に一人の女として、自分を幸せにしてくれる方と結婚したいと思っています。先ほども申し上げました通り、陛下が幾ら優秀な方であっても、お仕事ばかりに身を入れられ、家庭を顧みない方ならば、夫婦の絆《きずな》も生まれないと思うのです」

「……君の、言う通りだ」

ライアスはうめくように言い、ソフィアの言葉を認める。

(良かった。私の話を聞き入れてくださるお気持ちはあるのだわ)

安堵《あんど》し、ソフィアは提案した。

「陛下。お願いがあります」

「なんだ？　あなたの望みなら何でも叶えよう」

表情を和らげたライアスに、ベンチから立ち上がったソフィアは優しく微笑んだ。

「陛下のお時間を私にくださない。今日のご予定すべてを取りやめ、私と過ごしてほしいのです」

「な……」

驚きのあまり、ライアスは固まっている。

ソフィアとて、まだ彼に対する自分の気持ちが分かっていないのに、男性に対して「あなたの時間がほしいです」など言うとは思わなかった。そんなお願いをするのは、恋人ほど親密な仲になってからだと分かっている。

けれど少なくとも、彼が女性と一緒にいた姿を見て嫉妬するぐらいには、好意を持っていると自覚している。

（この方は誰かが無理に休ませないと、ご自身の持つ崇高な夢のためにがむしゃらに働いてしまう。誰かが〝気付き〟を与えなければ、この方がどれだけ有能な皇帝陛下でも、短命に終わってしまう未来が見える）

サリエールにいた時も、有能な臣下たちを大勢見てきた。

有能と言っても、ライアスのように一心不乱に働く者もいれば、仕事と遊びの区別をハッキリさせている者、また他人を上手く働かせて自分が甘い汁を吸う者……様々なタイプがいた。

その中でもライアスと同じ種類の人間は、有能でまじめだというのに、惜しまれながらも短い命を散らしていった。

（正直、今後陛下とどうなるのか分からない。でもこの方を変えるきっかけを作れたなら、それだけの関係に終わっても構わない。元より遅れている婚期だもの。どんな遠回り

をしてもいい）

「今日は……極東部から来た領主との面談があり、昼食を都立図書館の者ととってから、今後の蔵書について話し合い、それから財務官と合わない数字のすり合わせについて……」

「お休みください」

ライアスの予定を、ソフィアは笑顔ですっぱりと切り捨てる。

「だが……」

「領主には宿泊場所を与え、面談を一日ずらすと伝えると共に詫びの品を包み、帝都を案内させる者を向かわせてください。都立図書館については、陛下がわざわざ会わずとも、文部大臣に担当させては如何でしょう？　こういう時こそ、大臣を上手く使うのです。財務官の失態は、財務官同士で確認させ、財務大臣に報告をさせれば良いのです。陛下がすべての者の望みを聞こうとされるから、みな甘えるのではありませんか？」

「…………」

ライアスはやはり「初めて聞いた」という顔をし、困惑している。

「恐れながら、臣下を信じ、上手く使えない君主は有能とは言えません」

「っ…………」

「どのような事もそつなくこなす陛下は、一人の人間としてとても有能です。ですが君主はいざという時に大切な事を間違えずに決定し、あとの事は手足となる臣下に任せるものです。仕事をせず優雅に過ごせなどとは言いません。ですが今のまま働かれていては、陛下は過労でお倒れになり、ご自身の跡継ぎの顔を見ないままこの世を去るでしょう」

怒りを買ってもおかしくない事を堂々と口にしながらも、ソフィアは強い瞳でライアスを見つめる。

ライアスはしばらくソフィアを見たまま呆《ほう》けていたが、やがて、ふはっと気が抜けたように笑った。

（あら……）

その笑顔が二十四歳という年相応の青年の表情に見え、思わずソフィアの胸がトクンと鳴る。

（こんな風に笑われるのね）

今まで人を視線だけで殺しそうな威圧感と、仕事に向き合うまじめな顔しか見てこなかった気がするので、彼の笑顔を見て意外な気持ちになる。

「分かった。すべてあなたの言う通りだ。今日はすべての予定を取りやめて、あなたと一緒に過ごそう」

汗に濡れた黒髪を掻き上げ、息をついてライアスは爽やかに笑う。

そのような表情になると、いつぞやの人を殺したあとのような人相が嘘《うそ》のようだ。

「じゃあ、行こうか。汗を流してから、一緒に朝食をとろう。それから君が望む事をする」

上着を手にしたライアスは、剣を鞘《さや》に収め歩き出す。

「私の望みは、今日一日、陛下に休んでいただく事です」

彼について歩きながら、ソフィアは自分の希望を口にした。

「……欲しい物はないか？　帝都や帝国の風景を見たいのでは？」

「贈り物はもう十分すぎるほど頂いております。〝物〟はもう十分です。私が欲するのは、陛下のお気持ちや、私のために時間を割いてくださる、〝私を重要と感じさせてくれる行動〟です」

「……そう、か。分かった。すまない」

ライアスは本当に思い至らなかったという態度をしていて、それがどこかソフィアの母性本能をくすぐる。

（しっかりしていて隙などないように思えるのに、基本的なところが抜けている方だわ。何て言うかこう……近くで見守って、あれこれ注意してあげないと……と思ってしまう）

それから二人で宮殿に戻り、ライアスは一度汗を流しに湯殿に向かった。

ソフィアは部屋に戻ってもう一度ベッドにもぐり込むと、起きたふりをして侍女たちに朝の支度をしてもらう。

ライアスと一緒に朝のテーブルに向かい合うのは、ほぼ初めての気がする。

焼きたてのパンの香ばしい香りが漂い、玉子料理や豆とトマトを煮込んだ物、様々なきのこをオイルと香辛料で煮た物、またサラダや生ハム、チーズなどがテーブルの上に並べられ、給仕に言えば好きな物を皿に取ってもらえる。

驚く事にライアスはかなりの健啖家《けんたん》なのか、朝から赤身の肉を熱した石の上で焼いて食べていた。

ソフィアはどちらかと言えば朝は小食なので、ステーキを勧められたが辞退した。

侍女たちはライアスがいきなり「一日休んでソフィアと過ごす」と言い出したので、「今日はいいお天気だけれど、雷雨になるのでは……」と恐れている。

けれどそんな事もなく、過ごしやすい帝国の気候のなか、朝食をとった二人は庭園を眺められるサンルームに向かった。

紅茶や冷たい飲み物、菓子類をテーブルに置かせたあとは、人を下がらせてライアスとソフィアの二人きりになる。

籐でできたソファは大きく、靴を脱いで座ったり、寝そべったりできる作りだ。

「何から話そうか」

紅茶を一口飲んだライアスは、シャツにベスト、トラウザーズのみという格好だ。

いつも一部の隙もないビシッとした〝皇帝〟の姿しか見かけなかったので、軽装を見ると不思議な心地だ。

「お疲れが溜まっているのではないですか？」

ライアスに「楽にしてほしい」と言われたソフィアは、ハイヒールを脱ぎ、ソファの上に足を上げて横座りをし、背もたれにもたれかかる。

「疲れていると自覚する間もないな。次々にやる事があって、それに追われている。私は自分にすべき事があるのだと思うと、使命感と活力とで他には脇目もふらず前に進んでしまう。……ずっと昔、父には『猪《いのしし》のような気質だ』と言われた」

猪と言われ、ソフィアは思わず笑う。

「それでは、今日はゆっくりお休みくださいませ。こちらに……、こう。どうぞ？」

そう言ってソフィアは右側に座っていたライアスの肩を引くと、自分の膝の上に彼の頭を載せる。

「ソ……フィア殿下」

「ソフィアで構いませんわ」

そう言ってソフィアはライアスの髪を左手で梳り、優しく撫でていく。

「どうです？　孤児院の子供たちに、私の膝枕は人気が高いのです。あっという間に眠ってしまうのですよ」

少し自慢げに言ったが、ライアスは「あ……ああ……」とくぐもった声を出すのみだ。

「し、しかし女に甘えるなど格好悪い」

「私はそう思いません。陛下は疲れてらっしゃるのです。誰かに甘えて、心の内を吐露して、心身共に安らぐ時間が必要です」

「だが……」

「そのために人払いをしたのですから、ご安心なさって？　私を妻にと望まれるのなら、将来的に二人きりになった時、このように甘える事があってもいいでしょう」

「…………」

黙り込んだライアスの反応に、ソフィアは上に立つ男の厄介な精神を見せられた気がする。

（人からこのようにされた事がないのかしら。皇帝陛下なら、誰も膝枕をしようなど思わないわよね。でも、どこかで気を抜く事ができないと、本当にいつか壊れてしまうわ）

ライアスの頭を撫でながら、ソフィアはサリエールの子守歌を口ずさんでいた。

それを聞いていたライアスは次第にウトウトし始め、そのうち目を閉じる。

途中で彼は足元にあった膝掛けを器用に足で引き寄せ、自身の腰に掛けた。

（お眠りになったかしら？）

そう思った時、空いていた右手を優しく握られた。

（あ……）

大陸会議の時、夜の庭園でライアスに手を握られ引き留められた事はある。

だがこうして改めて、二人きりで親密な空気を醸しだし、手を握られるというのは初めてかもしれない。

「……ソフィアは私を……、いや、俺をどう思っている？」

横になったまま、ライアスが尋ねてきた。彼が目を開けているかどうかは、ソフィアの大きな胸が邪魔をしていて分からない。

だが彼が一人称を改めてプライベートを見せてくれた事で、一歩心が近付いたのを感じられる。

「正直、まだ何とも申し上げられませんわ」

「外見についてとか、執務に向かう姿勢とか、食事をする姿とか、何でもいい。あなたの気持ちを教えてほしい」

食い下がられて、ソフィアは「そんな事で宜しいのなら」と彼の髪を撫でながら話し始める。

「見た目はとても素敵だと思います。世間的に言う〝美男子〟よりも、もっと凛とされていて雄々しさを感じます。一目見て、『この方は君主たる、頂点に立つ方』なのだと思わせます。鍛えていらっしゃる体も、より男性の逞《たくま》しさを感じさせます。陛下はとても男性として魅力的だと思います。……ただ、大陸会議のあの夜の初めての印象は、陛下の申し出を断れば、その場で切り捨てられるかと思う恐ろしさがありました」

「っ…………」

黙ってソフィアの言葉を聞いていたライアスだが、自分の凶悪な雰囲気を指摘され、息を詰まらせる。

「それも、長年の鬱憤……と言いますか、怨念と言いますか、溜まりに溜まったものがあるがゆえと分かりましたので、今は大丈夫ですけれど。……申し上げておきますが、普通の女性なら、あんな状態で迫られたら泣き出すか失神致しますからね？」

「……すまない」

うめくように詫びたライアスの髪を撫で、ソフィアはこっそりと微笑む。

「皇帝陛下としてお勤めを果たされる姿は、直接見ている訳ではありませんが、責任感もありとても立派だと思います。お食事をする姿も、背筋が伸びていてとても上品でした」

今まで自分の良くない面しか見せていなかったと思っていたのか、ライアスは安堵したように息をつく。

「陛下は完璧な方だと思います。ですがその完璧を求めるがゆえに、あなたはご自身にも高い理想を掲げ、甘えや妥協を許してこなかったように思えます。もし私を娶《めと》りたいと仰るのなら、私を陛下の〝家族〟にしてください。形式だけの妻でなく、あなたの心に私を入れ、私の前でなら弱音や格好悪い姿だって見せられる……。そういう、〝家族〟にして頂きたいのです」

今まで数え切れないほど求婚され、ソフィアはそのたびに甘い夢を見てきた。

「この人となら温かな家庭を築く事ができる」と思ったのに、その人は自分以外の女性にも甘い言葉を囁《ささや》いていたり、実はすでに別の女性との間に子供がいたりした。独身の男性だとしても、二人きりになって気を許した途端、性欲を隠さず獣のように迫ってくるとか、逆にソフィアが〝聖母〟と呼ばれているからか、ひたすら子供のように甘えてきて引いてしまった事もあった。

ソフィアは自分を、割と面倒見のいい、人に甘えさせるのが好きな人間だと思っている。

だが同時に一人の女性でもあり、頼りがいのある男性に守られ、導いてほしい、自分一人だけを愛し、他の女性など見てほしくない、という当たり前の願望も持っていた。

そう言う点でライアスはある意味、今まで求婚してきた男性の中で一番理想に近かった。

(多少、一直線すぎて不器用な所があるのは否めないけれど。でもそこは、いずれ〝可愛い短所〟と思えそうだわ)

ライアスはしばらく沈黙していたが、やがて口を開く。

「そう言ってくれるのは君が初めてだ。周りの者はみな、俺に〝理想の主君であれ〟という無言の期待を寄せてくる。……少し昔話をしてもいいか?」

「ええ、構いません」

「父の治世は、表向き成功していた。だがその裏で、賄賂や人身売買、宮殿の宝物を盗んでは金に換える貴族など……本人たちは誰にもバレていないと思い込んでいる、薄汚い犯罪が横行していた。父はそれを〝必要悪〟だとして、許す代わりに自分の言う事を聞かせる政治をしていた。俺は正妃のただ一人の息子だ。だが父は愛妾《あいしょう》を大勢持ち、俺には人数すら分からないほどの異母兄弟がいる」

ライアスが零した先帝時代の内情は、想像できないものではなかった。

多かれ少なかれ、どこの国にでもそのような事情があると思っている。

「俺はその汚い世界が嫌いでならなかった。十七歳になった時に、父が死んだ。俺は誓って何もしていないし、表向き父は病死とされている。その日、大臣に父が死んだと聞かされるまで、俺は父と距離を置いていた。だから父が誰かに毒を飲まされたのか、はたまたどこかで腹上死したのか、性病でも持っていたのか、……何も分からない」

ソフィアは黙ってライアスの髪を撫で続ける。

「俺は清い皇帝になりたかった。父のようになりたくない、父のように死にたくない。母はもうずっと前に、毒のような愛妾たちを持つ父に愛想を尽かし、離宮に籠もってしまった。父亡きあとも、『田舎暮らしが心地いいから』と言って帝都には戻らない。きっと母も、汚い宮殿に戻るのが嫌だったのだと思う。そのために……が理由のすべてではないが、俺はすべてを白く塗り替える事にした」

ライアスの〝理由〟を聞かされ、ソフィアは胸の内で深い理解と納得をする。

「俺が沢山の血を流し、臣下たちを〝粛清〟したというのは本当だ。そうでもしなければ、腐った連中は考えを改めない。恐怖政治でもしなければ、俺に金や女、法に触れている植物でも何でも差し出し、俺の機嫌取りをしただろう。だがそのような者は一切許さなかった。幸い、父の代からも忠臣と言える者はいた。その者たちの協力を得て、着々と粛清を行っていった。当主を欠いた家の嫡男に俺への忠誠を誓わせ、俺の命令を聞く者たちばかりを集めていった」

そこまで話し、ライアスは疲れたように溜め息をつく。

「自分が大勢の命を奪ったのは自覚している。殺めたのが一人なら、その死に責任を持って贖罪《しょくざい》し続けたかもしれない。だが俺は数え切れない者を処刑台に送った。正直、もう感覚が麻痺《まひ》して人の命の重さも軽さも分からない。悔恨の涙すら涸《か》れ果てた。悪夢ばかりを見てうなされ、不機嫌な顔で執務をこなす。夜がくるのが怖くて、強い酒を飲んで寝ていた。一度体を壊しかけ、侍医から健康的な生活をするようにと言われた。食事に気を遣い、運動をし、……それでも時々、自分がどこにいるのか分からなくなる。周りは忠臣ばかりと思いたいのに、全員俺に怯えているから言う事を聞くのだと思っている。だから臣下を信じられず、執務も何もかも自分でやらなければと思う。古くからの忠臣から『体を壊す』と言われても、『俺が働かなければこの帝国は良くならない』という強迫観念にも似た意識に突き動かされていた」

そしてまたライアスは溜め息をつき、モソリと寝返りを打ってソフィアの腹部に顔を押しつけてくる。

「……俺は、人として欠落している……」

独り言ともつかない呟きを聞いて、ソフィアは人々から恐れられる皇帝の本当の姿に哀れみを抱く。

「……私が何を申し上げても、きっとその場しのぎの慰めにしかなりません。ただ、ご無礼を承知で申し上げるのなら、『大変でしたね。お察しします』……と陛下を労りたいです」

夏の日差しが差し込むサンルームで、大国の皇帝が女の膝枕で弱音を吐いている。

この大陸の誰もが想像しない姿だろう。

だがソフィアはその弱さを「愛しい」と感じていた。

完全無欠の皇帝よりも、ずっと人間味があり親しみ深い。理解できる感情と動機があるからこそ、ソフィアも彼に近付けた気がした。

そして彼が自分にだけ弱さを見せてくれている事に、一人の女として喜びを感じていた。

「今まで、正直を言えば陛下の求婚を受けて帝国に来たはいいものの、どうやってあなたを理解すればいいのか分からないでいました。陛下が本当に私を好きでいてくださっているのか、そのきっかけもあまり理解しておらず、このまま何となく帝国に滞在して、何となく陛下に嫁ぐのかと思っていました」

「……すまない」

「いいえ。素の私に気づいていてくださった陛下がいらっしゃったからこそ、いま私はここにいるのだと思います」

「素の……ソフィア？」

ライアスが話すと、腹部が温かくなり少しくすぐったい。

「私は白魔術を使えますし、外見の印象もあり〝聖女〟や〝聖母〟と言われています。確かに自分が母性の強い気質で、長女である事からそういう性格であると自覚しています。すべての人に優しくしたいと思いますし、ある程度の我が儘も、事を荒立てないために笑顔で受け入れるようにしていました。でも本当の顔は、その辺にいる普通の女なのです。長女だからか、少し気が強いかもしれません。期待に応えようとして、〝いい人〟を演じてしまいます。そんな私がとっさに見せた〝素の顔〟を、陛下だけが受け入れてくださったのです」

ライアスはまた黙り、ソフィアが言った事を反芻《はんすう》して考えているようだった。

「俺は以前にも言ったが、俺に率直な言葉をくれる君に魅力を感じた。誰もが俺を恐れ、へりくだるなか、君だけがまっすぐ俺を見て、本当の俺に直接声をかけてくれた気がした。そういう人は、とても貴重なのだといま実感している」

ライアスの胴に置いた手に、彼は自分の手を重ねてくる。

「君にはとても感謝をしている。俺にこのような〝気付き〟を与えてくれたのは、君だけだ。ソフィアが側にいてくれるのなら、俺は今までより良い皇帝になれそうな気がする」

「過分なお言葉です。私も、最初はただ陛下を『怖い方』と思っていましたが、中身は普通の人間と変わらないのだと分かり、安心しています。そして弱さを持ちつつも強くあろうとし、理想を追うその姿に惹かれかけています」

人の心は鏡のようだと、誰が言っただろうか。

ライアスが自身の心を曝《さら》け出してくれると、ソフィアもそれなら自分も……と柔らかな気持ちで対応しようとする。

（陛下はきっと、元々お優しい方なのだわ。過酷な環境が、彼を冷徹な皇帝にしてしまった……）

ライアスの過去に触れ、冷酷非道な皇帝と呼ばれていた理由も納得した。彼の弱さも知って、ソフィアはライアスの人間味に惹かれ始めていた。

サンルームは直射日光が差し込むのではなく、その周囲に大きな木が植えられているので、木陰ができている。

夏とはいえ、帝国はサリエールより北部にあるため、暑くて堪らないという日は少ないそうだ。

（この帝国で皇妃として過ごすのも、悪くないのかもしれない）

そう考えていた時、ライアスが口を開いた。

「ライアス」

「え？」

彼が急に自分の名前を口にし、ソフィアは問い返す。

「俺の事は二人きりの時は〝陛下〟ではなく、名前で呼んでくれ」

また彼が一つ心を許してくれ、二人の距離が縮まる。

「分かりました。ライアス様」

「もう少し、こうさせてくれ。……誰かに膝枕をしてもらった事など、一度もない。存外心地いいものだな……」

囁くような声はさらに小さくなり、ライアスはソフィアの腹部に顔を埋めたまま大人しくなった。

彼に膝枕をしたまま、ソフィアもうつらうつらとし始める。

やがてソフィアも心地よさの中、俯《うつむ》くようにして寝入ってしまった。

（―――死ぬ!!）

気持ち良く眠っていたライアスは段々息苦しさを覚え、カッと目を見開くと懸命に呼吸をしようとする。

顔は温かく柔らかいものに包まれていた。いわずもがな、ソフィアのお腹と重量感のある胸だ。

（男として本望だが、今は本当に窒息死しかねない！　寝ているのか？　起こさないようにそっと……）

何とか頭を後ろに動かしてスポッと顔を出すと、目の前にはずんっと重量級の胸が迫っていた。

（いわゆる巨乳と呼ばれる女性など比ではなく、でかいと思っていたが……。扱いによっては死に至るな）

ソフィアからはとてもいい香りがし、大人っぽい薔薇《ばら》の香水を使っているようだった。

それがふんわりと香り、彼女の体の柔らかさや体温と相まってあっけなく寝入ってしまった。

だが彼女も眠ってしまったようで、体の力が抜けると同時に背中が丸まり、ライアスの頭をお腹と大きな胸、太腿の三点から圧迫してきたようだ。

柔らかな肉に包まれ、幸せであるのだが息が続かず、ライアスは必死の思いで頭部を脱出させた流れになる。

彼女にこうして膝枕をしてもらった最初の時は、驚きと意中の女性の体に触れられた事で勃ってしまった。

それで慌てて膝掛けで下半身を守っていたのだが……。

（気づかれなくて良かった。まじめな話になって途中で萎えたが、ギンギンに勃たせている事に気づかれたら、軽蔑されるか泣かれるか……どちらにしても恐ろしい結果になっていた）

支えにしていたライアスの体がなくなったからか、ソフィアの体がユラッと揺れたかと思うと、ライアスの側に頭を寄せてくる。

「おっと……」

彼女を優しく受け止め、少し迷ってからライアスはソフィアに膝枕をし返してあげる事にした。

（人にされるのもするのも、初めてだな）

座り直してオットマンに足を載せると、ソフィアはもそもそと寝心地のいい場所を探すかのように身じろぎをし、ライアスの腰に抱きついて息をつく。

（……起きてないか。良かった）

それから改めてソフィアの寝顔を鑑賞するが、つくづく美しい女性だと思う。

肌は日焼けなど知らないかのような白さで、今こそちゃんと結い上げているものの、早朝に庭園で会った時は、豊かに波打ったプラチナブロンドを下ろしたままの姿だった。

彼女が立っていると気が付いた時、一瞬女神でも降臨したのかと思って思考が止まってしまった。

ソフィアの金色の瞳も、この世ならざる美を醸し出している。

髪の色も目の色も、それのみで探せば世界中に同じ色を有している者はいるだろう。だがこの色素を揃え持ち、加えて整いすぎた美貌を見ると、ライアスにとってソフィア以上に美しい存在など皆無に思える。

つまるところ、ドンピシャに好みなのだ。

加えてライアスは女性を相手にする時に、絶対に不躾《ぶしつけ》に胸元を見たりしないように心がけている。

だがソフィアの胸は嫌というほど存在感を見せつけ、頭が小さいからか、もしかしたら胸のほうが大きいのでは？　という錯覚すら与える。

おまけに左の乳房には花の形に似た赤い痣《あざ》があり、それにどこか惹かれてしまう。

（こんな魅力が揃っていて、一目惚《ぼ》れするなというほうがおかしい……）

正直、六年前の大陸会議でソフィアに啖呵《たんか》を切られ、「おっ？」と興味を惹かれたのも事実なのだが、それによってとてつもなく美しい女性がいると気づいたのも確かなのだ。

よくもまぁ、こんな美姫が手つかずになっていると思う。

聞けば縁談は数あれど、相手の不義や性格の問題があり、次々に破談になっていたのだとか。その結果、ソフィアには〝神の妻となる女性だから人間には手に負えない〟という噂までもが流れているらしかった。

(見えざる力が働いていてもおかしくないな)

ライアスは結い上げられたソフィアの髪を崩さないように指先だけで彼女の髪に触れ、思考を巡らせる。

ライアス自身、皇帝として唯一無二の〝王権〟の力を有している。

もともとライアスは他者の魔術を瞬時にして〝視る〟事を得意としている。相手の術が発動した瞬間、魔術を解析して跳ね返したり、そっくり模倣したりできる。

加えてラガクード皇帝のみが使える王権の力は、伝説の神獣を幻獣界から呼び出せると言われている。

十七歳で戴冠してから七年が経ったが、ライアスはいまだ神獣を呼び出した事がないし、父王が呼び出しているのも見ていない。

王権の力は滅多に行使してはいけないとされているし、神獣を呼び出すのは帝国が窮地に陥った時、または皇帝が命の危機に瀕《ひん》した時と言われている。

加えて〝その時〟と天から認められなければ、王権の力は使おうと思っても発動しないらしい。

(大抵の事は自分の力でどうにかしているし、神獣の世話になる機会もなさそうだけどな)

自分の右手の甲に宿っている紋章は、王権の現れだ。

いざ神獣を呼び出す時は、その紋章に意識を集中させ、天に向かって祈るとされている。

(このまま何もなく、ソフィアを妻にして平和に帝国を治めていきたい)

自分を個人的に想い、第三者として分析し、心配してくれるソフィアは他に替えがいない。

彼女を好きだと思った自分の気持ちは間違えていなかったし、五年待つ事になってしまったが、いまこうしていられるのなら構わない。

「いずれソフィアが本当に俺と結婚する気持ちになり、サリエール王に結婚の知らせをしてくれればいいが」

呟いてライアスはソフィアの花嫁姿を想像し、一人締まりなく表情を崩すのだった。

第二章　聖母の呪い

あれから少しずつ、ライアスは変わってくれたと思う。

忙しいのは変わりなく、朝食と昼食はそれほど一緒にとれない感じだが、夕食だけはきっちりと毎回同席してくれる。

それに加え、毎日決まった時間に仕事を終えるようにして、夕食後に入浴したあと、ソフィアと一緒にゆっくり語らう時間を設けてくれた。

週に一回は一日完全に休みの日を作り、その日にソフィアと過ごしてくれる。

初めての休日には帝都を案内してもらった。美味いと有名なレストランに入った時は周囲が驚き、個室に案内されたあと店主が平伏しながら登場した。

「へ、陛下！　このような場所に……！」

「頭を上げてくれ。舌の肥えた者が、専門の食評価本で、この店に星五つの評価を出していた。ぜひその料理を味わわせてほしい」

ライアスは店主を驚かせないように、偽名を使って予約していたらしいのだが、やはり護衛を引き連れて来店となると、否が応でも本人だと分かってしまう。

恐れおののく店主にそう言ったあと、ライアスはワインを注文しソフィアに「君は？」と尋ねてくる。

気軽に休日を楽しむのだと悟ったソフィアは、ライアスにお勧めのワインを教えてもらった。

そのあと口にした食事は、祖国では味わえないとても美味しい物だった。

帝国の南方に生息しているという火を吐く牛をメインにし、様々な野菜や乳を煮込んでソースにした物や、新鮮な魚を生で食べる料理など、料理の幅が広い。

ワインも祖国で流通している物とは風味が違い、料理と相性が良かった。

「ごちそうさまでした。また来させてください」

店をあとにする頃には、店主はソフィアの美貌にすっかり心奪われ、思っていたよりもずっと話しやすいライアスとも打ち解けたようだ。

レストランを出たあとは、ライアスと一緒に馬に跨《また》がり、帝都の郊外にある見晴らしの丘まで連れて行ってもらった。

体が触れ合う距離でライアスが馬を駆る姿を感じて、とても胸が高鳴った。

宮殿の奥で皇帝として書類に向かっている姿ばかりと思いきや、半裸になって剣を振る姿も見せる。かと思えば愛馬に跨がり、嬉しそうな顔で自分の住まう帝都の良い所を紹介し、快活に笑ってみせる。

ライアスの様々な表情を知り、ソフィアはどんどん彼に惹かれていった。

「右側に見える森の奥、河が見えるだろう。あの大きな河は帝国の領土をどこまでも流れる、人間で言えば血管のような大事な河だ。あの河に船を浮かべて河沿いの街に荷物を運ばせ、または資材を載せて遠くの土地まで向かわせた。以前は領土の果てにある小さな村々は、とても貧しかった。上下水道も整っておらず、衛生面にかなり問題があった。ゆえに疫病も流行りやすく、民が大勢死ぬという厄災が過去に何度もあった」

丘の上でライアスは遠方を指差し、どこまでも続く帝国の領土について説明してくれる。

「俺はあの河に目をつけて、遠方にまで資材を運び、手の届く距離から少しずつ民の生活環境を整えていった。働く者たちに支払う金は、幸い父の代でたんまりと貯まっていた。今まではそれらが父や貴族たちの懐に入っていたが、俺はそれを正当な報酬とし、民の生活を向上させるために使った。結果的に今、帝国の生活水準は底上げされ、健康になった民たちにより国力も増している。感謝してくれている民たちは俺に協力的だし、結果的に良い関係が築けている」

嬉しそうに話すライアスの横顔は、キラキラとした希望に満ちていた。

「先帝が亡くなられてから、とても努力されたのですね」

彼の横顔を微笑ましく見つめて頷くと、ライアスは褒められて照れくさそうに笑った。

「父やその周りの貴族たちをずっと見ていたからか、俺は子供の頃から〝やりたい事〟をずっと胸の奥に溜めてきた。いつか自分が帝位を継いだ時に、様々な事をすぐ行動に移せるよう、計画書も書き進めてきた。父亡き後、忠臣たちに粛清後の帝国の具体的な改革案を出したら、彼らは感心して同意してくれた。その時生まれて初めて、俺は周りに自分の存在を認めてもらえた気がした。父が生きていた頃は無視され続けていた俺が、やっと宮殿の中で〝生きている〟と実感したんだ」

その言葉を聞き、ライアスが如何に今まで先帝の治世でぞんざいに扱われていたのか分かった気がした。

今は皇帝として確固たる地位を築いている彼だって、不当に扱われていた時代はあった。知れば知るほど、ソフィアはライアスの人間らしさと彼の理想の高さに惹かれ、自分もその隣で一緒に夢を見る事ができれば……と思うようになっていた。

「これからのライアス様のお側に、私がいても大丈夫ですか？」

丘の上にある木の根元に座り、そっと彼の腕に触れて尋ねると、ライアスは一瞬キョトンとしたあとに破顔した。

「もちろんだ。俺は君に求婚した。そして君がたおやかで美しいだけではない、芯のある女性だと今なら理解している。君ならきっと、この帝国の賢妃になってくれると信じている」

そう言ってライアスはジッとソフィアを見つめてきた。

（あ……）

熱っぽい瞳に見つめられてキスの予感を抱き、照れ臭さのあまり反射的に逃げようか迷う。

だがその前にライアスの手がソフィアの顎を捉え、自分の方を向かせた。

「ソフィア……」

そして真剣な瞳に見つめられたかと思うと、ライアスの顔が迫り、唇が重なった。

「……ん……」

柔らかな唇を押しつけられ、ソフィアの口から甘い吐息が漏れる。

それすらも奪うかのようにライアスは再びソフィアの唇をついばみ、舌でチロリと舐めてまたついばんだ。

「は……」

彼の顔が離れ、ソフィアは紅潮した表情で彼を見る。

驚いたような表情をしていたからか、ライアスは悪戯が成功したという顔で笑ったあと、ソフィアの肩を抱いて自分にもたれ掛けさせた。

「君には、ずっと俺の隣にいてほしい」

そう言ったあと、ライアスはこれから夕焼けを迎えようとする帝国を見て、ソフィアの額に口づけた。

まるで恋人同士のような一日を過ごし、ソフィアはこんな風に彼に大切にされるのなら……と、結婚してからあとの事を考える。

（ライアス様は私が指摘した所を直してくださったし、きっと結婚しても上手くいく気がするわ。私も、この方を好き……になっていると思う。けれどもう少し、あと何かもう一歩のきっかけがあったら……）

もっと彼の事を知りたいと思うものの、ソフィアは自分からライアスに対し、身も心も大胆に近付くきっかけが摑めないでいた。

休日の他にも、ライアスは変化を見せてくれた。

ソフィアが提案した通り、絶対に自分がやらなければいけない仕事以外は、臣下に任せるようにしたらしい。

夕食が終わったあとの晩餐《ばんさん》室で、ライアスは少し照れくさそうに言う。

「最初は信じて任せるというのも、少し勇気が要った」

「そうでしょうね。ライアス様の場合、今まで周囲を信用して任せる以前の問題で、お力によって従わせていた状況だったと思います。そのお気持ちや生活も変えてくださった。私はその変化を嬉しく思います」

「君が気づかせてくれたからだ」

「いいえ。体に刻まれた毎日の生活を崩す事は、容易ではないと思います。それを私の言葉だけで『変えよう』と決意されたライアス様が凄いのです」

「そうか……」

ライアスはどこか嬉しそうに微笑み、ワインを口にする。

彼は健啖家だが、暴飲暴食は決してせず、最近は酒も適量を心がけているらしい。

そして食事が終わって部屋に戻ろうとする時、最近〝いつものあれ〟というようになった行為を望んできた。

「ソフィア、今日もいいか？」

「……はい」

言われたソフィアはサッと赤面し、その場はひとまずライアスに部屋まで送られた。

「いつもの時間に行く」

ライアスはそう告げて一度去り、ソフィアは少し休んでから侍女たちに手伝われ、身を清める。

そしてあとは寝るだけという安らぎの時間になると、読書しながらライアスを待った。

ソフィアがライアスにむりやり一日休ませ、サンルームで膝枕をしてから三週間が経った。その間に休日のライアスと二人きりで出掛けるようになり、親密さも増した。

口づけも何度も交わすようになり、衣服越しに体を愛撫される仲にもなった。

そのうち、ライアスは「君の膝枕がとても気持ち良くて、忘れられない」と照れくさそうに告白し、夕食のあとに彼に膝枕をしてあげるのが二人の日課になっていた。

最初は夜にライアスを自室に入れる事自体、とてもはしたない事をしているようで勇気が要った。

初日はきちんとドレスを着て応じたのだが、「その姿で君は窮屈ではないのか？」と言われ、少し考えを改めた。

ライアスは膝枕をされるだけで、それ以上の事はしてこない。

彼もまた夜に寝るだけの格好をしているので、自分だけドレスをきっちり着込んでいる事にも日を増すごとに違和感を覚えてきた。

ライアスはソフィアに触れてこないので、どうやら自分だけが彼を意識し、変に緊張しているだけなのだと気付いたあと、ソフィアは思いきって夜着にガウンを羽織っただけの姿になってみた。

その日は「やっと君も心を許してくれたか」と微笑まれただけで、やはりライアスはいつも通り膝枕をされるのみ。

自分が変にライアスを意識していただけだと完全に理解したあとは、ソフィアもそのあと変に肩に力を入れず、夜の憩いの一時を楽しむようになっていた。

だがそのうち、面倒臭い事に「私ってそんなに『触りたい』と思う魅力がないのかしら？」と思い始めてしまい、複雑な女心に戸惑っている。

この日もライアスは決まった時間になるとノックをしてソフィアの部屋に入ってくる。

そして二人で「今日も一日お疲れ様」と寝酒のワインで乾杯をした。

ワインを一杯飲み干したあと、ライアスはソファに座るソフィアの膝枕に顔を埋め、「あぁ……」と陶酔しきった声を出す。

夜着越しに彼の頭の重み、温もりを近くに感じ、ソフィアは一人でそっと赤面する。

「気持ちいいですか？」

そう言ってライアスの髪を梳《くしけず》るのも、いつもの事になっている。

「ああ。君はとてもいい匂いがする。それに、体が信じられないぐらい柔らかくて、気持ちいい……」

うっとりとしたライアスは、ソフィアの腰に抱きついたまま思いきり息を吸ってきた。

（そこで匂いを嗅がれても恥ずかしいのだけれど……）

腹部の下はもちろん乙女の領域で、いまだ誰にもそこに触れさせていないソフィアは緊張している。

（まだ正式に婚約しているとは言えない身だし、ライアス様も下手な手出しはされないと思う。この方が冷酷非道と言われていた理由は聞かせて頂いたし、女性に対して無体をはたらく方ではないと思いたい……）

自分の膝の上でまどろんでいる彼は、宮殿で飼われている美しい獅子のようだ。

底知れぬ力と獰猛さを秘めているのに、ソフィアと二人きりになると飼い猫のように甘えてくる。

（それが可愛らしくもあるのだけれど……）

サラサラとした黒髪を手で撫でながら、「それでも……」とソフィアは落ち着かない気持ちになる。

（私たちはどこまで親密になったら、〝次〟の段階にいけるのかしら？　彼に触れられた

いと思っている訳ではないのだけれど、何かきっかけがなければ、私としても婚約を決断するに至らないわ）

そこまで考えて、自分一人だけが焦っているような気がして「いけない」と緩くかぶりを振る。

（婚期が遅れているからかしら。ライアス様が実は良い方だと分かってから、彼に期待してしまっている自分がいる。打算的かもしれないわ）

ふぅ……と息をついた時、ライアスがソフィアの手をそっと握ってきた。

「どうした？」

「え……？」

ライアスの温もりを直に感じ、ソフィアはトクンと胸を高鳴らせる。

最近特にライアスに手を握られる事が多くなった。彼の大きな手を見ていると、男性の包容力が具現化した形に思えてドキドキする。

手を合わせて大きさを比べれば、ソフィアの手は彼の掌より少し飛び出たぐらいしかない。彼の手は剣を握っているからか、掌が硬い。指が長くて美しい手をしているのに、指そのものを比べるとソフィアとは比べものにならないほど太いのだ。

その手を見ると、嫌が応でも男女差を見せつけられ、胸の奥が妖しくざわめく。

ソフィアは婚期が遅れている代わりに、侍女たちから様々な情報を仕入れて耳年増になってしまっている。なので閨《ねや》で男性が女性にどのように触れるかを、ある程度知っていた。

　だからこそ、ライアスの手を見ているると別の意味でもドキドキしてしまうのだった。

「やはり男が女性に甘えるのはおかしいだろうか？」

　そう尋ねてくるライアスは、自分で望んでこうなっているのに、どこか複雑な心境のようだ。

　毎日のようにライアスはソフィアの膝枕を所望していて、一日の疲れを癒やしている。

　それはソフィアも嬉しく思っているので、「いいえ！」と慌てて否定した。

「そんな事はありません。私はライアス様の安らぎになれて、嬉しく思っています」

「……本音を言ってくれ、嫌じゃないか？」

「とんでもありません」

　冷えるのか、下半身に膝掛けを掛けたまま、ライアスはもそりと身じろぎをする。

「……それは、俺に慣れてくれていると思ってもいいのだろうか？」

　不意にライアスの手がソフィアの体に触れ、腰から脇をス……と撫で上げてきた。

「っ……！」

　くすぐったくてビクッと身を震わせたが、ソフィアはライアスが触れてくれた喜びで鼓動を速めている。

「……ソフィア。君に触れてもいいか？」

　先に触れているくせに、ライアスは今さら尋ねてくる。

後出しで尋ねてくる彼を、ソフィアは少し「ずるい」と思った。

（私が抵抗しないって、ご存知のくせに……）

今まで何回もキスをして、衣服越しだったが胸や腰に触れられた。その時もソフィアは抵抗せず、されるがままになっていた。

きっとライアスも、段階を踏んでソフィアの態度を確認し、今夜このような行動に出たのかもしれない。

「……いい、……ですよ」

ソフィアは赤面したまま小さく頷く。

「ありがとう」

礼を言ってから、ライアスはソフィアのガウンのベルトを解き、ネグリジェの上から双丘に触れた。

「あ……っ」

ソフィアの双丘は圧倒的な質量を見せ、かつ、とても柔らかい。指先に少し力を入れただけで、簡単に柔肌に埋まってゆく。

「ん……、ふ……」

ソフィアは目を閉じ、自分の胸がライアスの好きなようにされ、形を変えている感覚を味わう。

妹からも侍女からも「大きくて羨ましい」と言われ、男性からは性的な目でしか見られた事のなかった胸は、誰にも触れられないまま二十五年が過ぎていた。

自分で触れてみても何とも思わなかったそこが、ライアスの手によってムニュムニュと形を変え、彼の硬い掌を感じて先端をしこらせようとしている。

(気持ちいい……。胸を揉まれるって、男性に触れられるって、こんなに気持ちのいい事だったの？)

何度も〝未来の旦那様との睦み〟を想像した事はあった。けれど実体験が何も伴っていないので、いつも想像は途中でうやむやになってしまう。

それを今、ソフィアは自分の体で体験していた。

ライアスはソフィアの乳房をこねるように優しく揉んでから、手の中で小刻みに揺らしてポヨポヨと遊ばせた。

いいように弄ばれている感覚に、ソフィアは体温を上がらせ、息を乱す。

「あ……っ、ん、……ン、ぁ……っ」

無意識にソフィアは手をライアスの両手に重ねていた。彼の手の動きを阻む気はないのだが、あまりにドキドキするので、少し加減してほしいと無意識に思っていたのかもしれない。

「……胸をはだけさせてもいいか？　直接、君の胸を見たい」

薄布越しに執拗《しつよう》に胸を揉んでいたライアスだが、とうとう我慢できなくなったかのように願望を口にする。

ソフィアは一瞬迷ったものの、部屋に誰もいないのを確認してから、「はい……」と小さく頷いた。そしてネグリジェのボタンを外し、薄布を肩から滑らせる。

「あぁ……」

目の前に現れたソフィアの乳房を見て、ライアスは感嘆の溜め息をつく。

真っ白で大きな乳房が空気にさらされ、ふるん、と揺れる。

滅多にお目にかかれない大きさなのに、ソフィアの胸は美しい形を保っている。その先端は薄紅色に色づき、ライアスに見られているからかキュッと硬くなってゆく。

先端の色と胸元にある花の形の痣と、白い肌との対比が際だったのか、ライアスの目にオスの熱が籠もった。

「美しい……。綺麗《きれい》だ……」

ライアスは上半身を起こし、うっとりとした顔つきでソフィアの胸を見つめる。

「あまり……見ないでください……。恥ずかしい……」

とっさに両手で胸を庇おうとしたが、手首を摑まれて阻まれた。

「恥ずかしい事があるものか。こんな芸術品なら、毎日、一日中眺めていたい」

そう言って、ライアスは両手でソフィアの乳房を包み、下から支えるようにして重量を確かめる。

それから熱っぽい目でソフィアを見つめ、彼女の乳房に唇をつけていった。

「あ……。ライアス……さま……」

鼻先にライアスの髪の毛がかすり、フワッといい匂いがする。

熱い唇が胸元に押しつけられたかと思うと、チュッと強めに吸われ、その跡を舌で舐められた。

ソフィアはハァ……ハァ……と切なく呼吸を乱し、無意識にライアスの髪の毛を両手で掻き混ぜる。

抱き締めるように彼の首筋や肩、背中に手を回すと、彼の頑強な肉体が感じられ、余計に体温が上がった。

「胸を……吸わせてくれ……」

ソフィアの乳房に唇をつけ、愛し終わったライアスは、また彼女の膝の上に頭を載せて彼女の身を屈ませた。

背中を少し丸めるだけで、たっぷりとした乳房はライアスの顔についてしまう。

そのまま彼は舌を出し、熟れた乳首をレロリと舐めた。

──その時。

「あん……っ、あ……っ！」

ズグリと体の奥が甘く疼《うず》いたかと思うと、その疼きが深部を通り胸にまで達した。

乳房全体にジーンと熱が宿ったかと思うと、その熱が先端に集まり、信じられない事に乳頭からピュクッと白い物が零れてしまったのだ。

「⁉」

ライアスは顔に何かが掛かって驚愕したまま固まり、ソフィアも自分の体がどうなったのか分かっていない。

「えっ？　ちょ……っ、ちょっと、待っ……」

その何かは次々に溢れ、ソフィアの乳房やネグリジェを濡らしてゆく。

「何とかする」

ソフィアが本気で混乱しているのを察してか、ライアスがすぐそう言って彼女の乳首に吸い付いた。

乳房を濡らすモノを舌でベロリと舐め上げ、先端をちゅうっ……と強めに吸う。それからすかさず反対の乳首に口をつけ、同じようにする。

「あ……っ、あ……」

（どうしたの⁉　私……っ、まるでこれじゃあ……っ）

ライアスに乳首を吸われて感じながらも、ソフィアはいまだ混乱したままだ。

次々に溢れるモノ――母乳が出るという現象に怯え、ソフィアは涙を零していた。

「ん……っ、く……」

不意にライアスが苦しげな声を出し、大きく身じろぎをした。

「ラ……イアス様？」

まさかあり得ないとは思うが、自分の母乳に毒でも入っていたのだろうかと、ソフィアは混乱するあまり斜め上の方向に想像を働かせた。

「大丈夫ですか？　苦しいとか、不味かったらどうぞ無理をせず……」

懸命に声を掛けるが、ライアスは青い瞳でぐっとソフィアを見つめたあと、呻《うめ》くように言った。

「触って……くれないか？」

「え？」

そう言った彼はソフィアの手を握り、膝掛けの下に隠れていた、自身の股間に導いた。

「あ……っ」

トラウザーズ越しにも、そこが大きく張り詰めているのが分かり、ソフィアは赤面する。

「君の母乳を飲んでいると、ココが苦しくなって堪らない。嫌かもしれないが、もし良かったら触ってくれないか？」

ライアスは熱に浮かされたような声で懇願し、夢中になってソフィアの母乳を舐める。

「……っ、は、……は、ぃ……」

ソフィアとしても胸がジンジン疼くと共に、下腹部の奥も切なく疼き、どうしようもなくなっていた。

まともに思考できず、「彼が求めるのなら、苦しさを紛らわせるために何でもしてあげたい」という気持ちで、ソフィアは衣服越しにライアスの股間を撫でる。

「直接……触ってくれ……」

ライアスは性急な手つきでトラウザーズの前を寛《くつろ》がせ、ブルンッと飛び出た熱塊をソフィアに握らせた。

「あ……っ、熱い……っ」

初めて触れた男性の性器は、とても硬くて大きく、握っても指がつかないほどだ。加えてビクビクと小さく震え、まるでソフィアに触られるのを期待しているように思える。

「ど、どう触れれば良いのですか？　痛くありませんか？」

そこは男性の急所でもあると知っていたので、ソフィアは下手な事をしないようにと心がける。

夜な上に部屋の明かりは幾本かの蠟燭《ろうそく》だけなので、薄暗い。

それでもライアスの肉茎には太い血管が浮かび上がり、全体が肌の色よりも濃い色で、先端は禍々しい形をしているのが見て取れた。

ソフィアが今まで生きてきて一度も見た事のない姿をしていて、王宮や美術館に飾られてある裸身像についているモノよりずっと大きい。

なのでソフィアは、未知のソレをどうしたらいいのか、まったく分からないでいた。

「竿《さお》の部分を握って軽く上下させて……。たまに先端を掌で撫でるとか、くびれている所が一番敏感だから、そこを優しく擦ってくれてもいい」

「わ、分かりました……」

言われた通りこわごわと手を動かし始めると、ライアスが「あぁ……」と色っぽい吐息をつく。

（男性も気持ちいいと、このような反応になるのね）

彼の反応を「可愛い」と思い、ソフィアはライアスに母乳を舐められ、吸われながら手を動かした。

「ん……っ、あ、……あぁ……」

れろり、れろりとライアスの温かな舌に乳房を舐められ、勃起した乳首をきつく吸われる。そのたびに疼く胸の奥からこみ上げるものがあり、ソフィアはしとどに乳頭を濡らし、乳を零していた。

ライアスの官能的な舌の動きに合わせ、ソフィアも息を荒らげながら手を動かす。

ガチガチに強張ったライアスの肉棒を手でしごき、時おり指先で鰓《えら》の張った部分を弄ると、彼が息を詰めて体を強張らせる。

（男性はこうして愛撫していると、射精というものをするのかしら……）

ボーッとした意識のなか、ソフィアは知っている単語を思い出し、ライアスのそこが白いモノを噴射する瞬間を想像する。

「…………っ」

とてつもなく淫猥《いんわい》な妄想をしたからか、ソフィアの下腹部がさらに疼き、思わず腰を揺らしてしまった。

「……ん？」

その動きでライアスが何かに気付き、ソフィアの乳房から顔を離す。

「……あなたの体にも、触っていいか？」

　尋ねながらライアスはソフィアの臀部《でんぶ》から太腿を撫で下ろした。そこまでされて、彼の言う〝体〟が上半身ではない事ぐらい分かる。

（恥ずかしい……。でも、……私も、胸から熱が全身に回っているような気がして、苦しくて堪らない……っ）

「さ、触ってください……っ。で、でも最後までは……」

　ここ数週間でライアスへの好意はずっと上がり、彼と結婚する未来も描けるようになっていた。だが実際はまだライアスに自分の気持ちを伝えておらず、両親に対しても正式な関係を発表できていない。それなのに体だけ関係ができてしまったとなれば、いい醜聞になってしまう。

　婚期が遅れていてもソフィアは誇り高いサリエールの第一王女で、臣下や民から憧れられているからこそ、その理想を裏切る事を非常に恐れていた。

「分かっている。……ソフィア。仰向けになるから、俺の腰の上に跨《また》がってくれないか？」

「えっ？　……わ、分かりました……」

　普段、そんな事を言われたら拒否したはずだが、今は緊急事態だと自分に言い聞かせて素直に言う通りにする。

　ライアスが横になった腰の上に、ソフィアは「失礼致します……」と言いってから跨がった。

「少し前屈みになって、胸を」

「はい」

何がどうなって母乳が出ているのか分からないが、彼が舐めて止めてくれるのでは……という淡い期待がある。

「手は先ほどの続きをできるか？」

それほど前屈みにならずともソフィアの爆乳はライアスの口元に届くので、後ろに手を伸ばせば彼の屹立《きつりつ》に触れる事は可能だ。

返事をするよりも実際に触って手を動かすと、ライアスが「よし」と頷いた。

「これからあなたの下半身に触る。もし嫌だと感じたら『やめて』とハッキリ言ってほしい」

「分かりました」

こうやってきちんと断ってくれるところに、ライアスの誠実さを感じる。

返事を聞いてから、ライアスはソフィアのネグリジェの裾を捲り上げ、彼女の太腿に触れてきた。

「ん……っ」

男の手によって素肌を触られる感覚に、ソフィアは背中を丸めて堪える。彼の屹立をしごく手が一瞬止まってしまったが、彼女らしいまじめさで再び手を動かす。

「あなたの肌は、本当に手入れが行き届いて気持ちいいな。すべすべで、触れただけでも滾《たぎ》ってしまう」

乳首から僅かに唇を離した場所でライアスが呟き、濡れた乳房に吐息がかかる。

「そ……そんな事……仰らないで……。ぁ、……あっ」

不意にドロワーズの切れ目からライアスの指が侵入し、ソフィアの秘められた部分に触れた。

不浄の場所など当然触られた事などなく、ソフィアは真っ赤になったまま硬直する。

「やっぱり濡れてるな」

ライアスはクスッと笑い、指先でソフィアの花弁をヌルヌルと擦る。

誰も触れてはいけない場所に、この世の誰よりも美しく雄々しい男性が触っている。その背徳感にソフィアはゾクゾクと体を震わせた。

「ん……っ、あ、あぁ……っ、あ……」

ライアスの指が秘裂を往復するたびに、名状しがたい感覚がソフィアを襲い、腰が勝手に動いてしまう。

「そんな……場所……っ」

わななく唇で何か言おうとしたが、ライアスがちゅうっときつく乳首に吸い付いてきたため、鋭く息を吸い込んで息を止めた。

「君だって俺のモノを握っている。やっている事は同じだ。何も恥ずかしくない」

言い含めるように優しい声で言われ、頭の芯がボーッとしてくる。

(同じ……？　恥ずかしくない……の？)

生まれて初めて男性と性的に接するソフィアは、もう何が正しいのか分からなくなっている。

理解しているのは、前屈みになってライアスに乳を差し出さなければいけない事と、右手で彼の屹立を愛撫しなければいけない事だ。

混乱しながらも手を動かしていると、レロンと乳首を舐め上げたライアスが、蜜をまぶした指でソフィアの突起に触れてきた。

「っひあぁああ……っ！」

ビリッと、まるで小さな雷が体を駆け抜けたかのような感覚に、ソフィアは悲鳴を上げてさらに背中を丸める。

「む――」

圧倒的な質量を見せる乳房を顔に押しつけられ、ライアスがくぐもった声を上げた。

だが彼の手は変わらずに動き続け、蜜のぬるつきを利用して何度も突起を擦ってくる。

「っあぁあ、あぁ、ア……っ、ぁ、あぁあ……っ」

(なに、これ……っ！　こんな気持ちよさ、知らない……っ)

いけないと思うのに、ソフィアは腰を浮かせて自ら彼の手に秘部を押しつけてしまう。

同時にライアスがソフィアの乳首をジュッ……ときつく吸い、空いた手で搾乳するかのように乳房を握ってきた。

「っあぁあああぁ……っ!!」

膨張して大きくなった陰核と敏感になった乳首とで、ソフィアは初めて絶頂という感覚を味わう。

自分がどこにいるかすら忘れ、本能からくるメスの声を上げて、思いきりライアスにしがみついた。

「む、――――ぅ……っ」

柔らかな乳房で顔を圧迫された下で、ライアスがまたくぐもった声を上げる。

同時にソフィアがいまだ握っている屹立がビクビクッと跳ねたかと思うと、先端から温かいモノがビュッと飛び出てソフィアの手を濡らした。

「あぁ……」

初めてなので、これがどんな行為なのかよく分かっていない。

分かっていないが、ソフィアは直感で「終わった」のだと察した。

ライアスによって頭が真っ白になるまで気持ち良くしてもらったからか、不思議と、その鎮静とともに乳房の火照りも収まっていく気がした。

行為のあと、ソフィアはぐったりとしてライアスの上に倒れてしまったようだった。

気が付けば、今度はライアスがソフィアに膝枕をしてくれている。

すべてが終わった今、ソフィアのネグリジェはきちんと着せられ、ライアスもトラウザーズの前を整えている。

(ここまで恥ずかしい姿を晒してしまっては、あとに引けないわ。やはりライアス様に責任を取って頂くという形で、結婚して頂くのが一番いいのかしら)

少しずつ心の距離を縮め、彼になら素肌を触れさせてもいいと思った。だがそこから母乳が出て、下肢にまで触れられて絶頂するのは予定外だった。

ライアスに膝枕をされ、彼の体温を感じて「落ち着く」と思う。

あれだけ嬌態を晒した相手なのに、ライアスならすべてを包み込んでくれるという信頼がある。

(この方なら、結婚しても幸せになれるかもしれない……)

そう思うものの、あと一つ〝何か〟があれば……と思っていた。

今ならライアスに強く求婚され直したら「はい」と言ってしまう気がする。

けれど今は二人で昂《たか》ぶった気持ちを落ち着かせている時で……。

(何事もタイミングなのだわ)

そう思い、結婚の事はひとまず横に置いておく。

そして先ほど自分が晒してしまった嬌態と、最後にライアスの顔に強かに射乳してしまった事を思いだし、羞恥の溜め息をついた。

「……すみません。ライアス様のお顔が……」

あまりに恥ずかしく、子供の頃に粗相をしてしまった気持ちを思い出す。

「気にするな。初めての経験だから逆に興奮した」

「興奮した……って……」

恥ずかしさのあまり、ソフィアは気が付いた時から両手で顔を覆ったままだ。

彼女の髪を優しく撫でながら、ライアスはずっと何かを考えていたようだった。

「聞きたい事があるのだが、いいか？」

「はい」

何だろう、と返事をすると、ライアスは真剣な声で尋ねてくる。

「普通に考えて、出産してもいない女性が乳を出すなどおかしな話だ。乳が出る時、何か変な感覚はあったか？」

言われてみて、ようやく自分の体に起こった事を第三者的に考えてみた。

「そう……ですよね。あり得ませんよね。私、本当に今まで殿方とこのように親密な関係になった事などなくて、混乱してしまっていました」

両手を顔から離し、ソフィアは慌てて弁明する。

「分かっている。この五年間、あなたに関する噂はどんな些事も聞き漏らさないようにしていた。特に男に関する噂には注意していたが、あなたが男性とねんごろな仲になったという噂は一回も聞いていない」

むしろそれは婚期が遅れている表れで決して自慢できる話ではないが、ライアスは何も言わない。そこがまたありがたくて、彼への好感度が上がってゆく。

「今まで同じような事はあったか？　体に不調は？」

再び尋ねられ、ソフィアは真剣に考える。

「まったく身に覚えがありません。さっきライアス様に、む、……胸を舐められて、その瞬間、雷に打たれたかのような甘い刺激を覚えました。舐められた場所からとてつもない熱が全身に伝わって、胸がもっと熱くなりました。張り詰めて、『何か出てしまう』と思った時に……」

先ほどの事を口に出すのは恥ずかしかったが、原因究明のためと思ってできるだけ冷静に話す。

「考えられる理由として希有な体質の持ち主……と思ったが、帝国の広大な領土から得た病気の症例を思い出しても、経産婦でない女性が乳を出したというのは聞いた事がない。普通ならあり得ないが、魔術が関わっているなら考えられる」

「なるほど……」

魔術と言われ、ソフィアは納得する。

「そして先ほどのようになった原因だが、今まで君が普通に生活していて何事も起こらなかったのなら、俺の行動……恐らく乳首を舐めた事により、魔術が発動したと考えていいと思う。悪意を持たれて魔術を掛けられたのなら、呪いとも言える」

「呪い……」

ただ〝訳の分からない恥ずかしい体質〟と思っていたが、ライアスは「そうではない」と言っている。

改めて自分が誰かに魔術か呪いを掛けられた可能性を考えると、急に恐ろしくなってきた。

モソリと起き上がり、ソフィアはソファの上で膝を抱え小さくなる。

「大丈夫だ。俺が守る」

ライアスはきっぱりと言い切り、ソフィアの体を抱き締めてきた。フワリと膝掛けを肩に掛けられると、彼の匂いが鼻腔《びくう》をくすぐる。

(不安になった時に、こんな風に力強く『守る』と言ってくださる方がいるって、こんなにも心強いのね……)

今までソフィアの〝味方〟と言えば、第一に家族だった。家族は無条件に味方になってくれる人で、その次に侍女たち。それから毎日挨拶をしている近衛兵や臣下などだ。

すべて身内と言っていい人たちであり、異性としてソフィアを「守る」と言ってくれた人はいなかった。

トクン……と胸が疼き、温かくなる。

同時にどこか落ち着かず、顔がにやけそうになる。それを必死に堪えた。

「ありがとうございます」

礼を言うと、大きな手によって頭をクシャクシャと撫でられる。

祖国では〝聖女〟〝聖母〟として扱われていたため、今まで誰もソフィアにそんな風にしてくれた事はなかった。

甘えられるばかりだったソフィアは、逆に甘えさせてくれる人を見つけ、その新鮮さに驚き、ときめいている。

「少し、俺を信じて身を委ねてくれないか？　俺の得意としている魔術は、魔力を通した目で〝視て〟分析する事だ。たとえば誰かが魔術により操られているとか、呪いの掛かった物を見定めるとか、特定の場所に罠《わな》の魔術が掛けられていた場合、魔力を通した目で〝視る〟事により、看破できる」

「凄い……ですね。普通なら、自分の魔力の流れを感じるしかできないものなのに」

ソフィアはライアスが得意とする魔術を聞き、感心する。

彼女が言う通り、普通、魔力というものは目に見えない。

魔術を行使する際に作られた魔法陣は、魔力を可視化させたものなので例外的に見る事ができる。

また巨大な魔術を行使した際、人が沢山運動して汗を搔くように、魔力の残りかすのようなものが、魔素と呼ばれるものとなって目に見える事もある。

それ以外、基本的に人の目に魔力というものは見えないのだ。

ソフィアが回復、祝福を得意とし、妹のアンナが物を動かすのを得意とするように、魔術を使える者はそれぞれ生まれ持った得意分野が異なる。

ライアスの場合、特に目で〝視る〟事が得意なようだ。

「これから俺は、魔力を通した目で君を〝診〟たいと思う。他人の〝目〟で体や心の内部を操られるのは不快かもしれない。だがこれが呪いなら、もしかしたら君の命にも関わってくるかもしれない。だから、〝診せて〟ほしい」

ライアスにそう言われても、ソフィアはまったく抵抗感を持たなかった。

「はい、分かりました」

本来魔術とは、その者の魂や生命にも繋がる奥深いものだ。

魔術が使える者はそれぞれ得意とする魔術が異なり、それを〝目〟によって〝視られる〟事は、自身の心や精神のあり方、魂の形やその者の魔術が何で構成されているかなど、すべて丸裸にされてしまう。

自分の心のあり方や、魔術の流れ――魔術回路などを誰かに知られた場合、相手に悪意があったならたやすく命を奪われる事もある。

魔力にはそれぞれ根源があり、水に関わるものなら水の精霊、火なら火の精霊、ソフィアのように回復や祝福の魔術なら、神の奇跡の力を自分に取り入れている事になる。

その魔力の根源を相手の悪意によって絶たれた場合、その者は魔術を使えなくなり、体に流れている魔力が滞って健康に害をなす場合もある。

自分のすべてを知られた上で魔術により命を奪われた場合、相手のさじ加減によっては魂が天にも昇れない事もあると聞く。

酷い場合、自分を殺した相手に魂を囚われたまま、使い魔として使役され、使い捨てにされる恐れすらある。

だから人を〝診る〟事は、「魔術を悪用しない」と国と天に誓った、免許を持つ魔術医師でなければしてはいけない決まりになっている。

もともと人の体内にある血管レベルまで細かく〝診る〟事は、高い魔力を有する、限られた者にしかできないのだが。

それをライアスは「できる」と言い、ソフィアは彼の能力の高さに改めて驚いていた。

「安心してほしいのは、俺は魔術医師としての国際免許も取得している。その上で魔術医師の〝誓い〟により、君を〝診て〟も決して悪さをしないと言える。魔術医師による〝誓い〟を破れば、俺は黒い炎に焼かれる。だから、信じてほしい」

黒い炎というのは、魔術の〝禁忌〟を破った者のみが焼かれる炎だ。それに焼かれた者は肌に刺青に似た黒い刻印が浮き上がり、生涯を罪人として生きなければいけない。

黒魔術を行使するのとは別に、この世には魔術によって作られた〝誓い〟がある。魔術医師のように国家レベルで決められたものや、能力の高い個人間のものまでそれぞれだ。

〝誓い〟を破れば罰則があるのは当然で、国家レベルの〝誓い〟は神殿で儀式を行い、神に誓う事になる。それを破ればただでは済まないのは全員分かっているので、国家資格を得た者は無条件に周囲から信頼されている。

念を押すライアスは、自分がこれから余程の事をする自覚を持っている。

そこにまた彼の誠実さを感じ、ソフィアはライアスをもっと「好きだ」と感じていた。

「信じます。どうぞお好きに〝診て〟ください」

ライアスを見つめて頷いたソフィアを確認し、彼は立ち上がった。

「寝室に行って、衣服をすべて脱いでもらってもいいだろうか？　魂そのものに呪術が絡んでいる場合は、服を着ていても〝診〟える。だが何者かによって肌に触れられ、そこから魔術あるいは呪いを掛けられたなら、素肌を直接〝診た〟ほうが探りやすい」

「分かりました。服を脱いで、仰向けですか？　うつ伏せですか？」

いま二人がいる場所はソフィアの部屋で、続き部屋には寝室がある。

歩きながら尋ねると、彼は真剣な顔で答える。

「できれば全身を〝診〟たい。前も後ろもだから、君の気持ちの準備がしやすいほうからでいい」

「分かりました」

寝室に入ると、ライアスはソフィアの準備ができるまで後ろを向いてくれていた。

(先ほどあんな痴態を見せたのだから、今さら恥ずかしがる事もないわ。ライアス様は魔術医師の免許も持っていらっしゃるし、これは医療行為なのよ……)

自分に言い聞かせ、ソフィアはネグリジェ、ドロワーズやシュミーズも脱ぐ。

そして大きなベッドの上に乗り、少し迷ってからまずうつ伏せになった。

「準備ができました。どうぞ」

「分かった」

ライアスの返事が聞こえ、彼が膝を乗せたのか、ベッドがたわむ。

少し緊張して静かにしていると、ライアスが頭を撫でてきた。

「肌を見せるのに抵抗があるはずなのに、受け入れてくれて感謝する。君の肌に変に触れないし、いやらしい事もしない。これから君の精神波やあらゆるものを〝診て〟いく。だからできるだけリラックスしていてほしい。痛い事や不快になる事もない。ただ大人しくしてくれていれば、すべて済む」

「分かりました。ありがとうございます」

返事をしたあと、ソフィアは一度深呼吸をしてから体の力を抜いた。

ライアスはソフィアの髪の毛を左右に分けて撫でつけ、首筋を露わにする。それから両腕を体の横に置かせ、苦しくないように顔を横に向けた。

「それでは、開始する」

一言告げてから、ライアスは何らかの術式を組んだらしかった。寝室が青白い光に包まれたかと思うと、その光がソフィアの足元に向かう。

(私、誰かに恨みを買ったのかしら？　乳が出る呪いというのもおかしな話だけれど。ライアス様が舐めたからというきっかけありきかもしれないけれど、経産婦でもないのに恥ずかしいわ)

乳が出たからといって痛いとか、体に嫌な感覚があるわけではないので、今すぐどうにかしたいという気持ちはあまりない。

　今こそ乳は止まっているが、またいつ出るかわからない。母乳が出ると世間に知られてしまったら、どこかに隠し子がいるのではと思われても仕方がない。

（〝聖母〟と呼ばれていたのが何だか皮肉だわ……）

　静かに溜め息をつき、ソフィアは目を閉じて診察を受けた。

　やがてしばらくしてからライアスが溜め息をつき「仰向けになってほしい」と告げる。

「はい」

　乳房や恥毛を見られるのは恥ずかしかったが、ソフィアは大人しく仰向けになった。

　ふと見上げたライアスはとても疲れた顔をし、額に汗を浮かべている。

「だ、大丈夫ですか？」

　思わず声を掛けたソフィアに、彼は微笑んでみせた。

「問題ない。久しぶりに医療魔術を使ったから疲れただけだ。全身を巡る神経や魔術回路など、細かいものを注意して診ているから、地味な魔術だが精神力と体力を使う」

　そう説明をしてからライアスは真剣な顔になり、深呼吸をすると目の前で手をかざした。すると先ほどと同じ青白い光が発されたかと思うと、空中に何重にも重なった魔方陣が浮かび上がった。

　そしてライアスは魔法陣の中央にある円を通し、ソフィアの体を診察し始めた。

（凄い……。普通の魔術医師なら、この術式を習得するのに魔術学院に通って何年も学ばなければいけない。もともと魔力を〝視る〟のが得意な体質から、この魔術を使えるようになったとしても、魔術医師として〝診〟られるようになるのは、相当の訓練が必要だったはずだわ）

今までサリエールにいて、ライアスにまったく興味を持たず過ごしてきた。

だが王族として彼の噂を耳にする事はあった。冷酷非道な人であると同時に、相当のキレ者で帝立の大学と大学院を、皇帝として国を統治しながら首席で卒業したという話も聞いていた。

帝国に来てからライアスが根を詰めて公務に励んでいる姿を見てきたが、もともと学ぶためのセンスがずば抜けているのだろう。

耳がいいと外国語をすぐに習得できる。視覚情報が優れている者は、人の顔を覚えるのが早いと聞く。そのような生まれ持ったセンスがある上に努力家であれば、この大陸でもトップレベルの能力を持っていてもおかしくない。

（思っていたよりも、ライアス様は凄い方だったのだわ）

ソフィアがそう考えている間も、ライアスは真剣な顔をして魔法陣越しに診察を続けている。その険しい表情を見れば、彼が邪な事を考える余裕すらないのはすぐ分かる。

（根も葉もない噂でライアス様を勝手に判断してしまっていたのが、恥ずかしい）

会った事のない人物について、知り得る情報と言えば噂頼みになる。だが噂でその人のすべてが分かるはずもない。

（今後、誰かを軽はずみに判断するのは、やめなければ）

そう決意した頃、ライアスの診察が終わったようだった。

青白い光を発する魔法陣が消え、彼は疲れたように溜め息をつきながら、ソフィアの体の上にネグリジェを掛ける。

「どうでしたか？」

ネグリジェを両手で押さえて体を覆い、ソフィアは起き上がって尋ねる。

「呪い……と言えるものを見つけたには見つけたが、解呪するのはかなり難しそうだ。恐らく君が生まれてすぐに呪いが掛かり、成長するにつれて根深く体に巣くう術式になっている。解呪できない事はないのだろうが、心臓のようにデリケートな部分の毛細血管を、どこも傷付けず取り除くような作業だ。時間がかかるし、神経も使う。ちょっとやそっとではできない。失敗すれば君の魂がどうなるか分からない」

「そんな呪いが……」

今まで何の不自由もなく二十五年生きてきたので、まさかそのような重篤な呪いがかかっているとは思わなかった。

「最終的に呪いが発動するのは、成熟した年齢になってソフィアが異性と性交渉をする頃のようだ。母乳が出るだけでなく、跡継ぎが作れないよう、あらゆる手段で妨害をする呪いが掛かっている」

「跡継ぎが……って、私、不妊体質なのですか？」

ソフィアは真っ青になって息を呑んだ。

「いや、ソフィアの生殖器は正常に機能している。生殖器そのものが不能になる呪いではなく、夫となる者と子作りをする過程で、とことん邪魔が入る呪いだ」

「………」

ソフィアは困惑顔になり、先ほどの母乳噴射を思い出す。

「それで……母乳？」

「のようだ」

ライアスも正直「訳が分からない」という顔をしていて、しばらく二人とも黙り込んで考えていた。

やがて、ライアスが口を開く。

「思うに、君はとても魅力的だ」

いきなり言われて、ソフィアはドキッと胸を高鳴らせる。

「今まで男性に襲われかけた事は？」

尋ねられて、ソフィアは今まであった事を話す。

「私が『この方とお付き合いしたい』と思って親しくなった方ではなく、まだ初対面の段階で、婚約者候補の方に突然押し倒されたり、私が国で〝聖母〟と呼ばれているからか、二人きりになると突然『ママ』と言って甘えて胸に触ろうとしたりした男性はいました」

こんな目に遭ったと告白する事自体恥ずかしいのだが、今は真剣に話すべきだと思ってライアスに教えた。

「何だそれは。……殺してやりたい」

ライアスが殺気を迸《ほとばし》らせて低く呟いたのを聞き、ソフィアは驚いて目を丸くする。

「……いや、そうじゃない。恐らく、そうだろうとは思った。君のもとに縁談がある場合、相手は王侯貴族だろう。幾ら君が魅力的とは言え、自分の立場を失念して獣のように襲いかかるというのは、少し不可解だ」

「言われてみれば……」

確かにソフィアに襲いかかってきた王子や貴族たちは、事前に聞いた話では大層な人格者であり、人に慕われていると言う人たちばかりだった。なのでソフィアも「話と違います！」と驚いてしまった。

「君に掛けられた呪いの中に、男を惑わせる効果があるとすれば説明がつく。母乳で男を惑わし、襲われ、傷物にされるのが目的だとしたら？」

「…………」

目に見えない誰かの悪意が分かった気がして、ソフィアは肌を粟《あわ》立たせる。

そしてしみじみ、ライアスが先ほど途中で踏みとどまってくれた事に感謝するのだった。

「……命に関わる呪いですか？」

「いや。あなたが病気になるとか、何歳になったら死ぬなど、深刻な呪いではない。……だが……」

途中でライアスは言葉を濁して沈黙し、ソフィアはネグリジェを抱き締めたまま訴える。

「どうぞすべて仰ってください。自分の事はすべて知っておきたいです」

決意のほどを示してジッと彼を見つめたからか、彼は一つ息をついてから再び口を動かす。

「……正直、ソフィアほど魅力的な女性が二十五歳になるまで結婚せず、誰とも良い縁がなかったというのに違和感を覚えていた。気にしていたなら申し訳ないが、君の婚期が遅かったのは、この呪いが原因であると言っていい」

「…………」

ソフィアは手で額を押さえ、深く長い溜め息をつく。

その時感じたのは、呪いに対する恨みと、安堵だ。

(婚期が遅れていたのは、呪いのせいだったのね……！　私に問題があるのではなかった……！　……でも、だからって喜んでいられないわ)

ぬか喜びしたものの、問題は解決されていない。

「原因が分かって良かったです。どうやら子供ができない体という訳ではないようですが、今後も……その、母乳がたびたび出ると、さすがに困りますね？」

頬を染めつつ言って、ソフィアはさらに考え込む。

「非常に言いづらいが、先ほどのように性的に触れて、特に胸に刺激があって君が感じると、母乳の呪いが発動するようだ。だがその場合、絶頂すると収まる術式であるという事は、理解している。おまけに君の母乳には、媚薬《びやく》に似た効果があるようだ」

　本当に言いづらい事をサラリと言われ、ソフィアは真っ赤になった。

「で、では、先ほどのような事は今後ナシの方向で……」

　恥ずかしさのあまり俯いて言いかけたソフィアの手を、ライアスが握ってきた。

「え……」

　顔を上げると、彼は真剣な、けれど気恥ずかしそうな顔で訴えてくる。

「俺は君を妻にしたいと真剣に思っている。君が好きだし、見ているとムラムラする。触りたいし、さっきのようにいやらしい事もしたい」

　あまりに正直に言われ、ソフィアは顔を伏せてただただ照れた。

「それで呪いを掛けた相手に心当たりは？」

　だが話題を変えられ、ソフィアは溜め息をついて気持ちを落ち着かせると、改めて考え、首を横に振る。

「ありません。勿論《もちろん》、まったくないという訳ではありません。今までの縁談のお相手で、他に決まった相手がいらっしゃったという方には、女性側から恨まれていてもおかしくないと思います。言い訳をさせてもらうなら、私は縁談相手に隠し子がいたり、他に想い人がいたりした事などをまったく知りませんでした。言われるがままにお会いして、結果的に破談になった……という流れが多かったのです」

「それはどうにもならないクズだな」

スパッと言い捨てたライアスが、心強くて思わず笑ってしまう。

「先ほど申し上げたような、襲ってきた方の中には、私に母性というものを強く求めていらっしゃる方もいました。私の胸が大きいという理由や、民に〝聖母〟と呼ばれている噂を聞いていたのでしょう。私が殿方の何もかもを温かく包み込む存在だと違いをされていました。二人きりになった途端、いきなり赤ちゃん言葉になって私の膝枕を求めてこられた方もいました。正直、不快になって拒絶してしまいました。なのでその方たちからも、恨まれている可能性もあります」

その話をすると、ライアスは非常に気まずそうな顔になった。

「……すまない。君の乳を吸った俺も、相当気色悪かっただろう」

「いいえ！　ライアス様には、何をされてもドキドキします。男性として意識していますし、あなたに膝枕をして甘やかす時間を楽しく思っています。ライアス様は私に甘えるだけではありません。先ほどの診察もそうですが、とても頼りがいのある方です。ライアス様が私に一方的に甘えている訳ではありません。お互い与え、与えられるものがあると思っています。その上であなたが私に膝枕、母性や優しさというものを望んでいるとしても、まったく気持ち悪いと思いません」

きっぱりと言い切ったからか、ライアスは「そうか」と安心したようだ。

「だがおかしいな。あなたに心当たりのある、〝自分を恨みそうな人間〟はごく近年の関係だ。この呪いはあなたが生まれた時から発動している。君のご両親は誰かと強い因縁があっただろうか？　それとずっと気になっていたが、君の胸の痣は何かいわくつきの物のような気がするが、ご両親から何か聞いていないか？」

言われてソフィアは、自分の左胸上部にある花の形をした痣に手をやった。

「まず、私の両親は特に誰の恨みも買っていない……と思います。一国の王なので、もしかしたら一方的に恨まれている可能性はあるかもしれません。ですが父はとても優しい性格で、ともすれば君主に不向きなのではと思うほどです。家族のため、民のため、自分は何を言われても構わず、簡単に謝罪する事すらあります。父いわく、『〝国王〟をしている時は個人の〝我〟を失っている』と。誰よりも家族と臣下、民の事を考えている方なので、人の恨みを買うと思えません。母はそんな父を支えておりますが、さっぱりとした気質です。嫌な事、できない事などについてハッキリ言う方ですが、相手を傷付ける物言いはしません。きっぱり『できない』と告げたあと、すぐ補いの言葉をかけられる方です」

「そうだな。俺もサリエール国王夫妻について、同じ印象を抱いている。胸の痣については？」

「これは生まれた時からありました。生まれた時はポツンとした染み程度らしかったのですが、成長と共に大きくなり、今は花のような形になっています。ですが侍医もこの痣については『悪いものは感じない』と言っていて、私も安心していました」

「それは俺も同意見だ。先ほど診察した時に、特に念入りにその痣を診させてもらったが、呪いの根源になっているとは考えにくい。むしろあなたの祖先に繋がるものと思っていいだろう」

「祖先……？」

「ああ。魔術の根源がとても遠くまで続いているから、追い切れなかった。だが繰り返しの術式を見て取れた。恐らく、隔世遺伝的に先祖の誰かと体質や気質、魂の形が似ていて、それが痣となって現れたものだろう」

一つずつ可能性を潰していきながら、ライアスはベッドの上で胡座《あぐら》をかいて考え込む。

「……生まれた時からソフィアに恨みを抱いている者？　隔世遺伝の痣……。数世代前の存在……」

しばらくブツブツと言ったあと、ライアスはハッとして顔を上げた。

「……人ならざる存在をすっかり失念していた。精霊や妖精に人が呪われる事例は少ないが、魔女や魔法使いとなれば、ごく人間的な感情で人を呪う事もあり得る」

言われてソフィアは納得した。

普通の人間は自然界から魔力を得て、魔術を行使する。

それに対し魔法使い、魔女と呼ばれる存在は、禁じられている黒魔術を使ったり、妖精や魔物を食べたりなどの外法で、人間以上の魔力を得ている存在だ。

中には神や精霊の試練を経て、人間より一段階高位の存在になった者たちもいる。

だが全員が全員、善い存在である訳ではない。

「彼らはとても長寿だ。ソフィアの痣と関係あるか分からないが、数世代前にその痣と同じものを持っていた存在に恨みを持つ、魔女か魔法使いが、同じ印を持つソフィアに呪いを掛けた可能性もある」

「……なんて迷惑な」

思わず零したソフィアに、ライアスは気の毒そうな顔になって頷く。

「各国の宮廷に仕えている良き魔法使い、魔女もいる。だがそうでない者は偏屈で、人間の道理が通じない者が多い」

溜め息をつき、ソフィアは魔法使い、魔女という存在に思いを馳せる。

歴史の要所に現れては人々の道しるべとなり、または敵にもなった彼らは、普段人里離れた場所に暮らしているとも、人の間に紛れているとも言われている。

そんな彼らにどうやって接触すればいいのか分からないし、接触できたとしても誰がソフィアに呪いを掛けたのか分からない。よしんば本人を見つけられたとしても、この年齢まで放置されていた事を考えると、忘れられていたか、よほど強い恨みを持たれているに違いない。

ソフィアが黙って俯いていたからか、ライアスがグッと抱き締めてきた。

「安心しろ。俺が必ず何とかしてみせる」

「……はい、信じています。それとは別に、祖国の両親に手紙を書いて、事情を打ち明けた上で協力を仰いでもいいですか？　調べる手段は多い方がいいと思うのです」

ライアスは広大な帝国の皇帝なので、おのずと様々な情報を得られるだろう。彼個人の人脈も広いはずだ。

　だがそれとは別に、祖国のエリオットやクレア、臣下たちは祖先の事やソフィアが生まれた時の事を知っているだろうし、彼らは彼らで独自のルートを持っている。

「それは構わないが……、できれば俺と君がそういう関係になったと書くのは、少し文脈を考えてくれると助かる。俺としても、義理の両親になる方々に『結婚もしていないのに、娘に軽々しく手を出した』と思われるのは避けたい」

「あっ、そ、それは勿論です！」

　こうなったきっかけをすっかり失念していたソフィアは、真っ赤になって頷いたのだった。

第三章　妹に降りかかった災難～塔の上

その後、ソフィアはライアスとの間にあった事はぼかして祖国に手紙を書いた。ライアスも呪いについて秘密を守れる者を使い、調査してくれた。

ソフィアが帝国に来てから二か月が経とうとし、夏もそろそろ終わろうとしている。

そんな折りに、サリエール国にいる妹・アンナから手紙があった。

「姫様。アンナ様からお手紙です」

いつもの侍女がにこやかに告げ、ソフィアに手紙を渡す。

封筒には確かに見慣れたアンナの文字があり、使われている封蠟《ふうろう》もサリエール王国の紋章だ。

「ありがとう」

侍女をねぎらい、ソフィアはウキウキした気持ちで妹からの手紙を開封する。

妹との仲は、自分としては悪くないと思っている。

だがアンナづきの侍女からソフィアの侍女という流れで、どうやら妹が慎ましやかな胸に劣等感を抱いていると聞いていた。またソフィアが白魔術士として確かな力量を持っている事や、臣下や民から〝聖女〟〝聖母〟と呼ばれている事についても、表向き「理想の姉」と讃えつつ、自分と比較して苦しんでいる……とそれとなく聞いていた。

ソフィアとしてはアンナが気にしている事柄について、ひけらかしているつもりはない。

胸など生まれ持ったものだし、白魔術についても人に寄って生まれつき得意とする術が異なる。ましてや世間的に言われているあだ名を、ソフィアは一度たりともいいと思ったことがない。

人と対立するのが嫌いで、なるべく穏やかに接していたら、自然とそのように呼ばれるようになっていた。外見的イメージが後押ししているのは、もうソフィアの関与するところではない。

(アンナが私をどう思っていても、私はアンナを大事な妹と思っているのに……)

いざ祖国を離れると、こうやって家族と自分の関係を客観的に考える事が多くなった。

そう思いながら手紙を開くと、懐かしいアンナの文字が目に飛び込んできた。まず簡単な挨拶があり、世間話などないままに『緊急に相談したい事があるので、一度国に帰ってきてほしい』と書いてあった。

手紙というにはあまりに短文で、ソフィアは胸騒ぎを覚えた。

(アンナに何かがあった……?)

自分の身に呪いが掛かっていると知ったからか、妹であるアンナにも異変があったのかと急に心配になる。

（こうしてはいられないわ）

ライアスに断りを入れて、一度祖国に帰る事を決意したソフィアは、侍女たちに向かって荷物を纏めるよう頼んだ。

その日の夜にライアスにアンナの事を話すと、思っていたよりあっさりと一時帰国を許してくれた。

ソフィアは妹が心配なあまり気づいていなかったが、目立つように出発すれば、ライアスとソフィアの不仲説などの憶測が飛び交ってしまい、それは両国にとって良くないと言われた。

なので少人数でこっそりと移動し、城の裏口から非公式に帰る事にする。

アンナの様子を確認したらすぐに帝国に戻る約束をし、もし滞在が長引きそうならば手紙で知らせると約束もした。

そしてソフィアは侍女二人と護衛を連れて、サリエールに向かった。

地上を行くなら数週間の旅路だが、ライアスはソフィアのために帝国選りすぐりの竜騎士を貸してくれ、飛竜数頭による隊列であっという間にサリエールまで送ってくれた。

「ソフィア、変わりないか」

先にソフィアが秘密裏に帰国するという手紙を受け取っていたエリオットとクレアが迎えてくれ、ソフィアは着替えるのもそこそこに両親に挨拶をする。

「私は至って健康でございます。それよりもアンナはどうしましたか？」

そう尋ねると、両親は微妙な顔になって黙り込んでしまった。

「どうしたのです？」

焦れて再度尋ねると、クレアが溜め息混じりに口を開く。

「アンナは二か月ほど前から、城の使っていない部屋に閉じこもって出てこないのよ」

クレアは王妃というより母として言い、困り切った表情で視線を落とす。

「私に話させてください。わざわざ帝国にいる私の元に手紙をよこしたというのなら、私になら心を開いてくれるかもしれません」

もちろんソフィアが帰国する前にも、二人は手を尽くしたのだろう。

それでも閉じこもって出てこないアンナの身に何があったのか、ソフィアはますます心配になる。

「案内させよう。お前に一任する」

エリオットは以前にも増して疲労を感じさせる顔で頷き、侍従に頷いて見せ、ソフィアをアンナの元に案内させた。

ソフィアが向かったのは、王宮の北棟にある屋根裏と言っていい部屋だ。

北棟の下層階は使用人の住まいになり、上層階はほぼ物置状態になっている。

普段使わない物が置かれているがゆえに、侵入する者もいないので、常駐して見張っている者もいない。一日に一回鍵番が、各部屋にきちんと鍵が掛かっているか確認するぐらいだ。

「アンナ？　私よ。ソフィアよ」

侍従も下がらせたあと、彼の気配が完全になくなったのを確認してから、ソフィアは木製の扉越しに声を掛ける。

「他には誰もいないわ。私を信じてドアを開けてちょうだい」

声を掛けたが、シン……と静まりかえって何の気配もない。

心配になってまた声を掛けようとした時、くぐもった声がした。

「本当にお姉様なの？」

間違いなくアンナの声で、ソフィアはホッとする。

「ええ、私よ。秘密にしてほしいなら黙っているから、とりあえず開けてちょうだい。このままでは体を壊してしまうわ。食事はちゃんと取っているの？」

また話し掛けると、おもむろに内側から閂《かんぬき》が外れる音がする。

大の大人でも動かせなかった閂を自分でかけて閉じこもれたのは、ひとえにアンナが物を宙に浮かべ、自由に動かす魔術を得意としているからだろう。

「入って。でもすぐに扉を閉めるわ」

アンナの心許ない声がし、ソフィアは扉の取っ手に手を掛ける。

鉄枠のついた堅牢《けんろう》そうな扉は、少し力を込めると内側に開く。部屋の中は北棟とはいえ昼間なのでぼんやりと明るい。

体を滑り込ませるようにして室内に入ると、閉ざされた部屋の淀《よど》んだ空気と、食べ物の匂いやもっと別の臭気がした。

(何……この匂いは……)

薄暗い部屋の中で目を慣らそうとしている間、背後でゴトリと音がしたのは、アンナが魔術で閂を掛けたのだろう。

部屋は思っていたよりも広く、昔は使用人の大部屋として使われていたのかもしれない。窓辺には粗末なベッドがあり、毛布は新しく立派な物だ。恐らくアンナが侍女たちに言い、運び込ませたのだろう。

「食事はちゃんとしている?」

アンナは部屋の暗がりにいるようで、姿がよく見えない。

「……侍女に運ばせているわ。健康的には問題はないの」

「そう、良かった。……ねえ、近付いてもいい? 久しぶりに妹を抱き締めさせてちょうだい」

両手を広げて願ったが、アンナは暗がりから出てこない。

訝《いぶか》しく思い眉を寄せた時、思い詰めた声がした。

「私の姿を見ても、驚かない？　バカにしない？」

それまでとは打って変わって涙混じりの声に、ソフィアは姉としてきっぱりと頷く。

「もちろんよ！　すべて私に打ち明けた上で、一緒に解決策を考えましょう」

力強く答えたあと、暗がりからモソ……とアンナが移動する気配があり、人影がこちらに近付いてくる。

（え……？）

覚えている妹のシルエットよりずっと大きな輪郭に、ソフィアは静かに瞠目《どうもく》する。

ドレスを満足に着られず、何枚もの布きれを体に巻き付けているのは――アンナだ。

ほっそりとしていたアンナは、今や見る影もなく太って……という言葉では言い表せないほどの、肉塊と言っていい体型になっていた。

移動するにも脚の肉が擦れて動きづらそうで、両腕は脇につかず宙を掻くようにして振っている。顎はすっかりなくなり、アンナの顔が巨大な肉の塊についているといった頭部になっていた。

「どう……したの？」

ソフィアは一歩、よろけるように前に出て、少しずつ妹に近付いてゆく。

「……ま、……魔術に、失敗しちゃったの……っ」

肉に埋もれたせいか、小さく見える目からポロポロと涙を零し、アンナがしゃくりあげる。

どんな姿になっても、泣いている妹を見過ごす訳にはいかない。

ソフィアは迷いなく、アンナをしっかりと抱き締めた。

満足に風呂に入れていないからか、アンナからは独特の臭気がする。髪も肌もベトベトだ。この状態で真夏を過ごしたのだから、アンナも死ぬ思いだっただろう。

「大丈夫よ。私がアンナを守るから……っ」

何があって大事な妹がこうなってしまったのか、分からない。

もしかしたら呪いかもしれない。

理由は分からないが、自分の半身とも言える大切な妹の変わり果てた姿に、ソフィアは動揺しつつも深い悲しみを感じた。

そしてこみ上げるのは、姉としての思いだ。

「大丈夫よ、大丈夫。私の可愛いアンナ。必ず元に戻してあげるから」

べたついた髪を撫でて妹の頬にキスをすると、涙の味がした。

「おね……っ、お姉様……っ、――あぁああ、……うあぁあああぁんっ！」

とうとうアンナは号泣しだし、ソフィアは妹が落ち着くまでずっと彼女の背中をさすり続けていた。

「……お姉様の事が羨ましかったの」

落ち着いたあと、アンナは例のベッドに腰掛け、ソフィアもその隣に座った。

原因を話し始めた第一声は、そんな言葉だった。

「私、お姉様みたいに胸の大きい女性になりたかった。お姉様ほどじゃなくても、女性らしい起伏のあるスタイルになりたかったの」

「あなたはまだ十九歳じゃない。まだまだ成長して体型が変わっていくのよ？」

背中を撫でて宥《なだ》めても、アンナは悲しそうに首を横に振るだけだ。

「お姉様は優しくて、本当に女神や聖母のような人だと思ってる。だから皆がお姉様に憧れて、好きになるのも分かるわ。そして私を気遣って、表面上比べたりしないのも分かっている。宮中で生活していても、私の陰口を耳にしなかった」

それじゃあ、気にする事では……と思うのも、また違うのだろう。

劣等感というものは、最終的には本人の問題だ。

周囲が何か言っていても、本人がまったく気にしていなければ何の問題にもならない場合もある。

「私は、その腫れ物に触るような、気を遣った空気が苦手だったの。お姉様が光を浴びて活躍している影で、私は目立たず〝二番目の存在〟として評価されていた。お姉様が孤児院の子供たちに花の白魔術を使って喜ばせ、怪我をした人を癒やして〝癒やしの女神〟と呼ばれている傍ら、私は物を動かす事しかできない」

ソフィアは何も言えず、アンナの手を握った。

「お姉様に文句を言いたい訳じゃないの。お姉様にだって悩みがあるのは知っているし、いつも私に優しくしてくれている。私が勝手に惨めになっているだけ」

また泣きそうになったのか、アンナはグスッと洟《はな》を啜《すす》る。

「それで、どうしてこうなったの？」

優しく尋ねると、アンナは当初の目的を思い出したのか、もう一度洟を啜ってから核心について話し始めた。

「お姉様が帝国に旅立ってから、とても寂しくなったわ。純粋に大好きなお姉様が皇帝陛下に取られてしまって寂しいという思いもあるし、自分もそろそろ適齢期だから……という焦りがあったの。改めて自分の縁談を考えると、サリエールの第二王女という立場はあっても、お姉様ほど美人じゃないし、胸もない。私には何の取り柄もないように思えて怖かった」

下手な相槌《あいづち》を入れる事もできず、ソフィアは黙って話を聞く。

「お姉様が帝国に発ったあと、周辺国の貴族の女性を招いてお茶会をしたわ。その時、帝国からいらしたバクナード侯爵家の令嬢が、私に『お近づきの印に』と、一冊の本を譲ってくれたの」

（帝国から……？）

新しい登場人物の名前を聞き、ソフィアは内心首を傾げる。

帝国に行ってからそれなりに帝国貴族の女性に、お茶会に招かれたが、そのような名前の女性に覚えはなかった。

単に覚えていない、あるいはまだ会っていないという可能性もあるので、今は何とも言えない。

「何の本だったの？」

「これよ……」

そう言ってアンナが枕の下から取りだしたのは、黒い表紙の本だ。

どことなく本から嫌な雰囲気を感じ、ソフィアは眉をひそめる。

ソフィアの本能が、「その本に触ってはいけない」と訴えている気がした。

見ていると胸が苦しくなり、自分の体が黒いものに汚されてしまう予感がする。

それでもアンナに自然に渡されたので、思わず受け取ってしまった。

「ん……っ」

本に触れた瞬間、チリッと手に鋭い痛みが走った。

だが我慢できないほどではなく、一瞬だけだったので、気を取り直して本を開いてみた。

「これは……」

中に書いてあるのは、さまざまな魔術の行使方法だ。

だが適当に目を留めたページのレシピを見て、ソフィアはみるみる顔色を失う。

「アンナ……。これは黒魔術だわ」

姉の険しくなった声を聞き、アンナは項垂れる。

「……私も読んですぐ気づいたわ。でも……、その中にある、『理想の体になる魔術』にとても興味を惹かれてしまったの」

（ああ……！　神様！）

アンナの心理が手に取るように分かり、ソフィアは内心天に向かって祈った。

「いけないって分かっていたわ。……でもどうしても、胸がほしかったの」

またアンナは静かに嗚咽《おえつ》し始める。

自分の劣等感や情けなさを、一番打ち明けたくない相手に話すのはとても勇気が要っただろう。

妹の気持ちを慮り、ソフィアは自分の使える白魔術でなんとかアンナを元に戻せないか考え始めた。

（私の癒やしの魔術は、人の自然治癒力や新陳代謝を早めるもの。いつもは傷口一箇所程度だから、簡単に治していた。けれどももし全身を治療対象として術を使えば……）

できなくはない。だがあまりに負担がかかるため、人の全身に対して回復魔術をかける想定をした事がなかった。

（でも、妹のためならやってみせるわ）

小さい頃から、六つ年下のアンナをずっと見守ってきた。

歳が離れているのとソフィアの性格もあり、アンナとは喧嘩《けんか》らしい喧嘩もしてこなかった。

近年はアンナの劣等感を感じて、本当は少し妹を刺激しないように意識していた。

だが結果的に、思い詰めたアンナはこのような姿になってしまった。

（私にも責任はある。体にどんな負担が掛かろうと、絶対に元に戻してあげなくては！）

ソフィアは手渡された本の『理想の体になる魔術』の項目を熟読し、そのレシピや魔術の工程を頭に叩《たた》き込む。

その黒魔術が暴発してアンナの体を、いわば呪いのように蝕《むしば》んでしまったのだとしたら、書いてある内容を分析した上で、自分の白魔術を術式に組み込み、呪いを解いていく事が可能だ。

「……よし」

短時間で本の内容を暗記したソフィアは、本をベッドに置いて立ち上がった。

「アンナ。術を使える場所に立ってちょうだい。そちらの開けた所がいいかしら」

ソフィアはドア近くにある空間を示すが、アンナは首を横に振る。

「そこは私が黒魔術を使った魔法陣があるの。燃えかすのようになっていて、もう効果はないけれど、その魔法陣に新たな魔力が注がれたら、悪反応を起こすかもしれないわ」

「そうね。じゃあ、そちらのベッドのほうで」

言われて初めて、自分が何も考えず黒魔術の魔法陣の上を歩いたと気付き、ヒヤッとする。だが術式が終わったあとなら、さほど影響はないだろうと考え直した。

「黒魔術は魔法陣を描くのに、生贄《いけにえ》の血を必要とするはずだけど、それはどうしたの？家畜か何かを殺してしまったの？」

ソフィアに尋ねられ、アンナはまた決まり悪く黙り込む。

「怒るつもりはないの。あとでどう処理するか、今から考えておかなくては」

優しく言われて観念したのか、アンナはまた泣き出しそうな声で白状した。

「……その。私もさすがに家畜であっても殺すのは嫌だったわ。だから、王宮で飼っている魔獣のウクリア……いるでしょう？」

「ええ」

ウクリアというのは魔法生物で、角や羽の生えた、黒牛のような姿をした動物だ。その角や、落ちた羽根、または体液が魔術の素材になるので、王宮では重宝して飼育されている。

「ウクリアの厩舎に貯められていた……尿を使ったの」

「あぁ……なるほど」

他にも魔法生物が多々いるとはいえ、特にウクリアが重宝されているのは、その性格の温厚さもあるが、尿に至るまで魔力が強いというところにある。

特にウクリアの尿は血と同じ成分をしているとされ、毎年行われる〝血の革命祭〟では、かつて血を流して革命を起こしたという英雄を祀《まつ》るために、山車になる人形に血糊《ちのり》――ウクリアの尿がかけられたりもしている。

この部屋に入った時に感じた臭気は、アンナの体臭もあったのだろうが、ウクリアの尿の臭いでもあったのだ。

「もしかしたら、本物の血を使わずにウクリアの尿を使ったから、黒魔術が変な方向に暴走してしまったのかもしれない。でも……お願い！　魔術の事も、ウクリアの尿を使ったっていう事も、誰にも言わないで！　黒魔術を使ったなんて知られたら、下手をすれば第二王女であっても処刑されるかもしれない。ウクリアの尿について、お祭りのために大切に貯められていた物で、尿であっても管理する者にとっては大事な物だから、きっと叱られる。それに……第二王女が尿をせっせと運んでいたとか……誰にも知られたくないの！」

アンナの〝お願い〟は、どれも理解できる。

「……分かったわ。私からのお説教はすべてが終わったあとにする。ひとまず今はあなたを元の姿に戻して、お父様とお母様を安心させるのが先よ」

「ありがとう……。お姉様、大好き」

涙ぐむアンナに頷いてみせてから、ソフィアは足を肩幅に開き、集中する。

「アンナ。これから私の回復魔術をあなたの全身に向けて放つわ。魔力で治癒力を劇的に高めるから、きっとあなたの体にも負担がかかる。恐らく全身が痛くなり、数日は高熱にうなされると思うわ。けれど魔術を数回に分けて行使していては、術式の解け目からまた呪いが元に戻ってしまう可能性がある。だから一回ですべてを決めてみせるわ。あなたも頑張ってちょうだい」

「はい」

アンナの返事を聞いてから、ソフィアは目を閉じて呼吸を整えた。

自分の体を巡る魔力の流れに感覚を研ぎ澄ませ、前に向けて突き出した手に、その魔力を流してゆく。

脳裏に思い描くのは、頭に叩き込んだ黒魔術の行使方法だ。

あのレシピを的確に無効化するための印を、人差し指と中指を揃え、空中にバッバッと描いていく。

ソフィアの目の前には青白く輝く魔法陣が浮かび上がり、彼女が描く印が追加されるたびに新たな魔法陣が追加されてゆく。

すべての魔法陣を作り終えた頃には、ソフィアとアンナの間には十二ほどの魔法陣が等間隔に並んでいた。そこを通じてソフィアの回復魔術をアンナに流し込めば、恐らく呪いは解けるはずだ。

「いくわよ」

目を開き、ソフィアは妹に向かって告げる。

「お願いします……」

アンナの懇願する声を耳にし、ソフィアは妹を助けたい一心で、前に突きだした両手から魔力を放出した。

パァッと薄暗い部屋が青白い光に包まれたかと思うと、ソフィアの体から次々に白い花びらが生み出され、零れてゆく。

それは魔素と呼ばれるもので、魔術を行使した際に出る、魔力の残りかすのようなものだ。

人によって魔素の形は異なり、ソフィアの場合は魔術を使うと白い花びらが舞う。

薄暗い部屋に光が迸り、実体のない白い花びらがソフィアの体から生み出され続ける。

「く……っ」

全力で魔力を放出しているからか、ソフィアの体からどんどん体力や気力というものが失われてゆく。

それでもソフィアは歯を食いしばり、両足を踏ん張って魔力を放ち続けた。

「ソフィア様⁉」

しばらくすると扉をドンドンと叩く音がし、侍女の声がする。

「どうかされたのですか⁉　魔素の花びらが大量に零れ出ています！」

騎士の声もして、ソフィアは歯噛みする。

彼らに対応すれば、集中力が乱れてしまう。それでもこの場に突入されれば、アンナの秘密がすべてつまびらかになってしまう。

「アンナが治療を必要としているの！　間もなく術が終わるから、そこで待っていてちょうだい！」

下手をすれば膝からくずおれそうになるのを懸命に堪え、ソフィアは術に負けないように声を張り上げた。

青白く光る魔法陣の向こうでは、アンナが「あ……っ、ぁ、あ……っ」と苦しげにうめいている。

代謝を急激に早めているため、アンナの体は発熱し、大量に汗を掻いている。

「アンナ、頑張ってちょうだい。もう少しだから……っ」

しかし、そう励ますソフィアのほうこそ顔色を悪くし、全身にびっしりと汗を掻いていた。

魔術の行使を始めてから十分ほどは経っただろうか。

外では無理矢理にでも扉を開けようとしているのか、ドンッドンと頑丈な扉に何かを叩きつけ、大勢でこじ開けようとしているような音がする。

だがその頃にはソフィアの魔術も、終わりを迎えようとしていた。

部屋の中はもう白い花びらでいっぱいになり、すっかり細くなったアンナは体をくの字に曲げて術に耐えている。

（あと……少し……っ）

ソフィアはライアスのように相手を〝診る〟事はできない。だが自分が行使する魔術に関しては、対象となる存在――アンナにあとどれぐらいで自分の魔力が浸透するか分かる。

術式はあとほんの僅かで成功しようとしていた。

（お願い……っ、堪えて……っ）

その願いは、いまだ激しく打ち付けられる扉と、自分とアンナの体力に向けられている。

そしてソフィアの魔術完成まで秒読みという時、扉がメリッと音を立てた。

（あと少し！　持ちこたえて！）

アンナの体から黒魔術の毒素がすべて抜けようとした瞬間、バキッと音を立ててドアの間から先端の尖《とが》った丸太が貫通した。

「通ったぞ！」

「ソフィア様、アンナ様、入りますよ！」

騎士たちが扉の残骸を蹴散らして入ろうとした瞬間、すべての術式を完成させたソフィアは、その場に崩れ落ちた。

同時に青白い光がフッと消え、室内は暗闇に包まれる。

（間に合った……！）

「暗くて何も見えないぞ。おい、照明係を呼べ」

隊長格らしい者の声がしたあと、光の魔術を得意とする者が部屋に入り、室内がパッと昼間のような明るさに包まれた。

「何だこれは……っ！」

床に座り込んでいたソフィアは、今まで暗くて見えなかった自分の足元に、赤黒い物で描かれた魔法陣があるのに気づく。

部屋になだれ込んできた騎士たちは、魔法陣に座り込むソフィアを見て顔色を変える。

「ソフィア様⁉」

「これは……、この匂いは……血だ」

しゃがんだ一人が魔法陣を描く赤黒いものを指先に擦りつけ、スンスンと匂いを嗅いで渋面になる。

その言葉を聞き、部屋の奥で布きれに身を包み、ぐったりとしているアンナを見て——、誰かが呟いた。

「〝聖母〟は魔女だった……。何と言う事だ。ご自身の妹君を……」

とんでもない勘違いをされ、ソフィアは首を左右に振る。

だが精も根も尽き果てて、立ち上がる事はおろか、声も出せない。

いっぽうアンナも急激なスピードで代謝を早められ、発熱している。高熱を出している上に、恐らく体も激痛に苛まれているだろう。

そんなアンナが姉を庇えるはずもない。

「ゆゆしき事態だ。一刻も早く国王陛下にお知らせを。〝聖母〟とて、禁忌である黒魔術を使えば一級犯罪者だ」

重々しい声で誰かが告げたかと思うと、床に座り込み項垂れているソフィアは、グイッと腕を掴まれた。

「お立ちください、殿下」

そう言われてもソフィアは指一本動かせず、ぐったりとしていてされるがままだ。

騎士はチッと舌打ちをすると、ソフィアを軽々と横抱きする。

「……あなたをお慕い申し上げていたのに……」

騎士はごく小さな声で呟いたが、ソフィアはそれに応える事もできない。

（違うの……。待って、話を聞いて……）

心の中では必死に言い訳をしているのだが、精根尽き果てたソフィアは、そのままスゥッと意識を失ってしまった。

その様子を騎士たちの後ろで見守っていたソフィアの侍女二人は、視線を交わし、コソコソと何か囁き合ってから、誰にも気づかれないようにその場をあとにした。

＊＊

ソフィアは簡素な生成り色のワンピースを着た姿で、法廷に出ていた。

今にも倒れそうな顔色をした両親に見守られたまま、様々な質問をされる。だがソフィアはアンナの名誉のために、一言も声を発さなかった。

「……黙っていては身の潔白を示せませんよ」

白いかつらを被った裁判官が疲れたように言うが、ソフィアは視線を落としたまま、やはり何も言わない。

黙っていても自分は〝聖女〟〝聖母〟として慕われていたから、無罪になる……だなんて思っていない。

どれだけチヤホヤしていても、相手が禁忌を犯す大罪人だと分かれば、人は掌を返したように冷たくなるのだと、ソフィアはいま身をもって痛感していた。

傍聴席に座っている貴族の男女も、出入り口を守っている騎士たちも、みな一様にソフィアを冷たい目で見ている。

「裏切られた」と彼らが口々に言っているのを耳にしたが、ソフィアからすれば、自分のほうが裏切られた気分だ。

だがそれも口に出せない。

(私はアンナを助けると決めたわ。今さら自分の身可愛さにアンナの事情を口にする訳にいかない。今までアンナに苦しい思いをさせたのが私なら、アンナを最後まで守るのも私でなければ)

こうなったそもそもの原因は、自分にあるという罪悪感が、ソフィアの口を噤《つぐ》ませていた。

「黒魔術を使う者は世界の善性に反します。黒魔術は闇に属し、生贄なしに術を行使できません。ソフィア殿下、あなたは白魔術協会会長補佐でありながら、黒魔術に手を染めましたね？」

尋問官の問いに、やはりソフィアは答えない。

アンナはいまだ術の後遺症で熱を出し、寝たきりのままだ。

それを人々は、ソフィアに黒魔術を使われ、呪われたからだと言っている。

アンナがこの場にいたら、罪悪感から自らの事件を語っただろうか。だがソフィアはそれすらも望んでいない。

そんな事をすれば、今度はアンナが糾弾されてしまう。

たとえ自分が身代わりになったとしても、ソフィアはこれ以上アンナを辛い目に遭わせたくなかった。

血だと思われている物はウクリアの尿だと説明しても、じゃああの魔法陣は何のためにあった？　という疑問が残る。

法廷に出る前に色々考えたが、ソフィアは口を閉ざして何も言わないと決めたのだった。

（ライアス様、ごめんなさい。もうあなたの元に帰れそうもありません）

傷ついて宮殿で孤立していた彼を、これから自分が癒やしていくのだと思っていた。

誰の事も信用しなかった手負いの獅子は、今頃どうしているだろうか。

やっと少しずつ周囲にも心を開き始め、ソフィアの膝枕で癒やされて甘える事を知り、重たい荷物を誰かに預ける事も覚え始めたのに。

（何もかも中途半端に思えるわ）

自分に掛かった呪いを解く手がかりも得られなかった。婚期が遅れていたのも呪いの一つだが、結果的にライアスと結婚できずに終わろうとしている。

一国の王女として世継ぎも作れず、何も国の益になる事ができていない気がした。

「――では、古くからの慣習により、黒魔術に手を染めた者は異端者〝黒の魔女〟として処刑となります」

カン、と裁判官が木槌を打ち、場内にいた全員が裁判の終わりを察して溜め息をつく。

「〝聖女〟も堕ちましたな」

誰かの囁きが耳に入り、ソフィアはもう流す涙もなく前方の床だけを見つめていた。

(こうして落胆しているという事は、私は自惚れていたのだわ。自分が全員から好かれていると、どこかでいい気になっていた。私が何をしても、周りの人は受け入れてくれると思っていた。だからこうして掌を返されて打ちのめされている)

こんな状況になって処刑だと言われれば、誰だって絶望するというのに、ソフィアはその中で自分の気持ちの落とし所を必死に考えていた。

「殿下、お手を」

ソフィアを牢まで連行する執行官が、縄を手に促してくる。

今までならそう言われる時は、エスコートをされる場合だった。

だがいまは、両手を揃えて前に出さなくてはいけない。

大人しく差しだしたソフィアの両手首に、執行官が麻縄を結ぶ。そして縄を引かれて法廷を退場する時、傍聴席の中央にいた両親と目が合った。

「すまない……。ソフィア、すまない……」

エリオットは真っ青になり、国王としてどうあるべきかという責任と、娘を救いたいという一人の父親としての愛情の間で激しく揺れ動き、葛藤している。

クレアは唇をきつく引き結び、やはり青ざめた顔をしている。

（私のほうこそ、上手くできなくてごめんなさい）

あの場をどうやって凌《しの》げば良かったのか、何度考えても分からない。

アンナを秘密裏に助けるためには、自分の治癒術が必要だった。

いつアンナを訪れるのが正解だったのだろう。ソフィアは帰国した時点で、アンナに何が起こっているのかまったく知らなかった。

帰国してすぐにアンナを訪ねたのは自然だったと思う。

そのあとアンナの状態を確認して、動転してしまった。

一刻も早くアンナを助けてあげたいという気持ちから、すぐに魔術を使ってしまった。

一度両親に相談すれば良かったのかとも思ったが、娘が黒魔術に手を染めたなどエリオットが耳にすれば倒れてしまうかもしれない。

エリオットは父である前に国王で、自分の子供が不正や罪を犯した時は、国民の手本にならないと、とまっさきに周囲に謝罪し、叱る人だ。

だからアンナはソフィアが一人で救わなければいけなかった。

会話を聞かれないように、ついてきた侍女や衛兵には距離をとってもらっていたとはいえ、白魔術を使ってあれだけ魔素が出ればすぐに異変を察知される。

忠実な侍女たちに「誰かが来ても絶対に中に入れないで」と見張らせたほうが良かったのだろうか？

だがそうすれば、アンナとの会話を聞かれてしまう。

様々な可能性を考えた上で、夜中など落ち着いた時間に魔術を行使すれば良かったのだろうか。

だが夜なら夜で、魔素の光はもっと目立つ。加えて北棟に住まう使用人たちが仕事を終えて戻っている時間なので、もしかしたら誰かに見られる可能性もある。

結局、いつ魔術を使ったとしても誰かに知られる運命にあった。

ソフィアとて、まさか人一人に対してあれだけの回復術を行使する事になるとは思わなかった。すべてが想定外で、動揺したまま〝誰もが救われる一番いい方法〟など、あの短時間で考えられるはずもなかった。

あれこれ考えて幾つもの〝たられば〟を想定しても、現状に帰結してしまう。

（こうなって処刑されるのも、呪いがもたらす災いの一つなのかしら）

縄を引かれて連れて行かれたのは、罪人を収監する塔だ。

履き慣れない木靴のせいで、塔の螺旋《らせん》階段を上るたびにつま先や踵《かかと》が擦れて痛い。

そして最上階にある部屋でソフィアの縄は解かれ、執行官が平坦《へいたん》な声で告げた。

「殿下は数日後の満月の夜に、月の女神である処女神に罪状を告げたあと、処刑となります。処刑はご存知の通り、隣の部屋にある処刑室からの投身となります。それまでここですべての罪を償う祈りをし、悔い改めてください。魔術で逃れようとしても、この塔はすべての魔術を封じる、〝戒めの石〟により作られています。殿下がどれほどの使い手であろうとも、この塔にて魔術を使う事は不可能です」

「分かりました。逃げようなどとは思っていません」

静かな声で告げると、執行官は黙礼する。

「せめてもの温情で、処刑までの数日、殿下には不自由されないよう配慮がされています。贅沢《ぜいたく》はできませんが、生活品で必要な物があれば、戸の外に立っている見張りに伝えてください。あそこにある小窓から会話が可能です」

示されたのは、ドアの横にある食事の載った盆を出し入れするための小窓だ。

もう何も言う事もなく、ソフィアは黙って頭を下げる。

「それでは」

執行官は部屋の出入り口に向かい、ドアを締める間際に呟いた。

「本当に惜しい事だ。黒魔術にさえ手を染めなければ、あなたは理想の王女だったのに」

そして静かにドアが閉まり、施錠される音が響く。

冷たい灰色の石でできた部屋は、夏場だというのにひんやりとしているように感じる。

「……ふぅ」

ソフィアは溜め息をついてから、木靴を脱いで裸足になり、簡素なベッドまで歩いて座った。

室内を見回しても、特にめぼしい物はない。

ベッドの他は洗面のための設備がある。せめてもの慰めは、壁に掛けられた全能神のシンボルの前に机と椅子があり、聖典と聖典を元にした本が数冊置いてある事だ。

(今までここにいた人も、あの本を読んだのかしら。明日、開いてみましょう)

疲れ切ってベッドの上に身を投げ出したが、臭くはなかった。

これもひとえにエリオットの治世の賜物だ。

罪人にも人権はあると言い、エリオットは先王の治世まで劣悪な環境だった監獄を、何十年もかけて住みよい場所にした。

全員が死刑になる訳ではないため、国王が罪人にも気を配っていると知った者が、監獄を出たあとに王家に忠誠を誓った……という話もチラホラ聞いている。

その恩恵を、思わぬ所で得てしまった。

石造りの天井をぼんやりと見上げたまま、ソフィアはライアスを想う。

帰国してからこうなるまで、あっという間だった。

今も彼は帝国でいつものように執務をしながら、ソフィアの帰りを待ってくれているのだろうか。

(私がこうなってしまったと知るのは、処刑が行われたあとになるのかしら。私は誓って無実だけれど、ライアス様が罪人となった女を妻にしようとした……と、悪く言われなけ

ればいいけれど）

涙は法廷に出る前に一人で流したはずなのに、ライアスを想うとまた新たな涙が浮かび上がり、重力に従って耳のほうに流れていく。

「ライアス様……。……ごめんなさい……っ」

口に出して彼の名を呼ぶと、一気に感情が溢れ、声が震えてしまった。

「っ～～～～！」

両手で口元を覆い、ソフィアは壁のほうを向いて嗚咽する。体を丸め、しゃくりあげる声が漏れないように、必死に声を殺して泣いた。

このような時であっても、ソフィアはかつて求められた〝理想の王女〟であろうとしていた。

みっともなく声を上げて泣くなど、王女としての矜持《きょうじ》が許さない。

どこまでも誇り高く、優雅に。

それは王族として生まれたがゆえの宿命だからと、自らを厳しく律し、本当の自分とは何であるかすら分からないまま、ソフィアは〝王女〟であろうとしていた。

――あぁ、そうか。

やっと理解し、ソフィアは泣きながら苦笑する。

「私も、……ライアス様と同じように、自分で自分を縛り上げていたのだわ」

帝国で彼の側にいた時、随分気持ちが柔らかくなって、ライアスと話している時もよく笑っていた。

〝聖女〟〝聖母〟としての慈愛の籠もった笑みではなく、年相応の女性としての笑顔だったと思う。

「私、ライアス様の前では本当の自分を出せていたのだわ……。あの方を甘えさせようとしていて、本当は私のほうこそ甘えさせてもらっていた……」

彼を癒やそうと膝枕をしても、気が付けば彼に膝枕をしてもらって、気持ち良くまどろんでいた。

髪を撫でてくれる手からライアスの体温を感じ、穏やかな呼吸、鼓動を聞いているところの上なく安らいだ。

最初こそ強引に求婚されたものの、ソフィアはもうすっかりライアスを自分の心に入れ、気を許していた。

情を交わしてもいい、これから自分の夫になる人なのだと、すでに納得していたのだ。

「今さら、あの方への気持ちを再認識するだなんて……っ」

すべてがあまりに遅すぎて、ソフィアは自分の愚かさを嘆く。

後になって悔やむから、後悔と言う。

その言葉の意味を噛みしめながら、ソフィアはいつまでも小さく嗚咽し続けていた。

第四章　懇願

帝国に留まったままのライアスは、彼らしくもなく気もそぞろな日々を送っていた。

相変わらず執務や公務はしっかりこなしている。

以前なら仕事のわずかな合間にも本を読んで学び、次に視察する土地の資料などをめくっていたものだが、今は呆けてソフィアを想う事が多くなっていた。

(今頃どうしているんだろうか)

それでも朝の鍛錬は欠かさない。暑さが残る早朝に、ライアスは見えない敵に向かって剣を振り、最初と最後に決められた型で素振りをしてから荒くなった息を整えていた。

背後には巨大な宮殿のドーム状の屋根があり、庭園の緑の向こうにも、敷地内にある様々な建物の屋根が見える。

早朝の空は紺色からラベンダー色となり、東の方角から眩《まばゆ》い朝日が昇ろうとしていた。

澄み渡った空気の中を鳥の群れが飛んでいき、静けさのなかバサバサッという羽ばたきの音が聞こえてくる。

(……ん?)

周囲の鳥が慌てたように飛んでいく気配に、ライアスは顔を上げてぐるりと全方向の空を見る。

目を眇《すが》めて遠くを見て——、特徴的な甲高い〝竜鳴り〟を耳にして宮殿に飛竜がやってくるのを察した。

飛竜は巨大な生物であるため、その飛行に伴う事故が多い。よって飛翼の先端にある鉤《かぎ》爪《づめ》に、風を受けると笛のように鳴る道具をつけるのが義務づけられている。

両手を耳に宛がって、目を閉じ、どちらの方向から聞こえるのか耳を澄ます。

目を閉じながら体の向きを変え、ハッと目を開いた方角のずっと先から、飛竜とおぼしきシルエットがぐんぐん近付いてくるのが見えた。

（こんな早朝に、正式な来客の飛竜が到着するとは思えない。恐らく火急の用事。そしてあちらはサリエール王国のある方角だ）

胸騒ぎがし、ライアスはまだ汗の引いていない体にシャツを羽織り、飛竜が着陸する飛行場に向かって走り出した。


早朝だからか飛行場には誰もおらず、飛んでくる飛竜を誘導する係もいない。

万が一のために寝ず番がいるはずだが、見張り塔の中で居眠りでもしているのだろうか。

それについて今すぐどうこう言うつもりはなく、ライアスは見張り塔の一階に入ると、入ってすぐの壁に掛けてある誘導用の旗を手に取って滑走路へとって返した。

飛竜にも見やすい、帝国の国章を中央に配置した深紅の旗を、足を大きく開いてバッと振る。

目印を見つけたからか、飛竜はライアスがいる方向に向けて頭を下げ、徐々に高度を下げてきた。そのままライアスは旗を振りながら後退し、飛竜が着地して一番安全な箇所にくるよう誘導していった。

「っ……」

さすがに飛竜が間近まで飛んでくると、竜鳴りの音が耳をつんざくようで、また飛竜の巨大な質量からくる羽ばたきで衣服が飛ばされそうになる。

普通、飛行場で勤務している者は、個人それぞれの耳栓をし、突風をくらっても大丈夫な装備をしている。

だが今のライアスは何の装備もしておらず、そのままの姿で挑まなければいけなかった。

それでも無事に飛竜を四頭着地させ、髪が乱れた頭を軽く振ってから、乗っている者に何があったのか確認しに行く。

「何事だ！」

「へ、陛下！」

鞍《くら》に取り付けてある縄梯子《なわばしご》を下ろし、スタッと着地したのは帝国の竜騎士だ。

「それが……」

何か言いかけた竜騎士を、鞍の上から女性が叱りつける。

「早く下ろしてください！　姫様の事を皇帝陛下にお伝えしなければ！」

聞き覚えのある声だと思っていると、飛竜に跨がる時用の帽子やゴーグルをつけ、男物の騎竜服に身を纏っていたのは、ソフィアの侍女だった。

「ソフィアに何かあったのか⁉」

足をガクガク震わせながら縄梯子を下りてきた侍女の腰を、ライアスは両手で支えてヒョイッと持ち上げ、地上に下ろしてやる。

「あぁ……」

侍女は長時間の飛行が怖かったのか、その場にへたり込んでしまった。が、顔だけはライアスを見上げ、必死に訴える。

「姫様はサリエールで処刑されようとしています！」

「何だと⁉」

まさか自国でソフィアが処刑されるなど、思ってもみなかった。

（待て……。彼女は何をしに里帰りした？　妹から手紙がきたと言っていなかったか？　それがなぜ処刑される事になる）

さすがのライアスも混乱し、その間にもう一人の侍女が竜騎士に抱きかかえられてこちらにやって来る。

「私たちにも何があったのか、よく分かっていません。サリエール国に帰ると、妹姫のアンナ様がひと気のない部屋に閉じこもったまま、ずっと出てこられていないとの事でした。そんななか、アンナ様はソフィア様ならお会いすると仰ったので、ソフィア様がお一人で向かわれたのです」

どうやら妹が原因らしい。ライアスは逸る心を抑えて侍女たちの説明を聞く。

「その後、お二人だけになった部屋で何があったのか、誰も分かりません。ずっと閉じこもりきりだったアンナ様を、城の誰もが心配していました。解決の糸口が摑めるのかと、階段の下からこっそり窺っていた者がいたのですが、部屋からソフィア様の魔素……白い花びらが大量に零れ出てきたのを見て、何かとんでもない事が起きていると思ったようです」

そこまで話して、侍女は息をつく。そのタイミングでもう一人が続きを受け持った。

「呼びかけても扉を開いてくださる気配はなく、急遽《きゅうきょ》衛兵が騎士を呼んできて、丸太で扉を破る流れになりました。多少の魔素なら皆見慣れていますが、部屋から零れてきた白い花びらは、床という床を埋め尽くす勢いで尋常ではなかったのです。普通、それほどの魔素は、生命力すら削るほどの魔力を放出しなければ出ません。ソフィア様の身を案じての事でした。でも……」

「騎士たちが強引に扉を破ったあと、明かりで照らされた室内には、黒魔術を使ったとおぼしき、血によって描かれた魔法陣がありました。ソフィア様はその中に座り込んでおられたのです」

黒魔術と聞き、ライアスの眉間に皺が寄る。

（あり得ない）

直感でライアスはその話を否定した。

（ソフィアと親しく話すようになって、まだ僅かだ。俺は彼女をサリエールの人間ほど知らないかもしれない。だが俺はソフィアの素の姿を知っている。彼女は善良な人間そのもので、裏で黒魔術を使うような気配はない。そもそも、俺は彼女のすべてを〝診て〟分かっている。彼女は今まで一度も黒魔術に関わっていなかった。それがなぜ……）

考えている間にも、侍女たちは語り続ける。

「確かに魔法陣を描いている物は血液のようだと結論が出ました。ですがソフィア様は黙秘されて何も仰いません。アンナ様は例の部屋で気を失った状態で発見されて以降、高熱を出されて寝込み、まだ目覚めていらっしゃらないのです。誰もが真実を知らないまま、一方的な裁判が行われました。ソフィア様は頑としてお口を開かず、次の満月には処刑が行われてしまいます」

「待て。罪を犯したとされたとして、なぜそこまで一方的な裁判がこんなにも早く進められる」

ライアスが訪ねると、侍女は泣きそうな顔で首を横に振る。

「帝国では違うかもしれませんが、サリエールでは黒魔術に手を染めた者は、その者からあらゆるものを伝って周囲に〝邪悪〟が広まると怯えられています。一般的な犯罪者への尋問、裁判、刑期などはきっと帝国と同じだと思います。ですがサリエールは帝国よりも信仰心の強い国なので、悪の芽はすぐに摘み取らなければ人々が恐怖に混乱してしまいます。それを防ぐために黒魔術の犯罪者への措置は、裁判とは名ばかりで一刻も早く罪人を処刑する流れになっています」

もう一人も告げる。

「私たちだって、姫様が黒魔術に手を染めたなど思っておりません！　絶対に何かの間違いです！　ですが周りに姫様の身の潔白を訴えたくても、私たちはその証拠を持ちません。姫様の実のご両親……国王陛下や妃陛下も、今まで国内で黒魔術の犯罪者が出た先例がないため、民が混乱する前に片付けようというお考えの気がします」

侍女たちの言葉を聞き、ライアスは舌打ちをする。

黒魔術が禁忌とされ、一般的に黒魔術を使う者がいなくなってから百五十年以上が経った。

高齢の者ならかつての犯罪者や事件を伝え知っていたかもしれない。だがライアスが治める広大な帝国であっても、黒魔術による犯罪は年に数回聞く程度だ。

それも不審火の跡が不気味な形に見えたという理由からの、誤報が多い。

過去の過ちを繰り返さないために、大陸中の国では黒魔術がどのようなものであるかを学び、その恐ろしさを学校で学ばせている。

よって血で描かれた魔方陣があり、術が行使されてそれらが燃え尽きたように黒くなっている……という状況さえあれば、実際の黒魔術を見た事がない者でも、「これは黒魔術を使った」と認識できるのだろう。

（だが問題は、それが本当に黒魔術であったか……だ）

ライアスは黒魔術を使う者を知らない。だが闇に染まった者が魔術を使い、膨大な魔力を消費して魔素が出たとして、果たしてそれはいつものその人の魔素と同じように見えるだろうかと考え、絶対に違うと直感が告げた。

侍女が見たというソフィアの魔素は、白い花びらの形と言っていた。白という、見るからに聖なる属性にあるものが、黒魔術を使って出るはずがないというのが、ライアスの持論だ。

「黒魔術に手を染めたと疑われているのなら、侍医により〝診断〟されないのか？　本当にソフィアの体に黒魔術の痕跡が残っているのなら、誰もが納得するかもしれない。だがソフィアは〝診断〟すらされず裁判にかけられた。違うか？」

「その通りでございます！　それが……侍医は高齢により体調を崩しています。現在の侍医の孫が留学から帰り、あと少しで正式な侍医に着任する予定なのですが、その間に仮に就いている者は一般的な医者の資格しか持たず、魔術医師の資格は持っていないのです」

「っ…………、なんて間の悪い」

またライアスは舌打ちをする。

「きちんと〝診て〟いない者を処刑台に送ると言うのか⁉」

思わず強い口調で侍女に尋ねてしまったが、八つ当たりだと思い反省する。

「……サリエールで黒魔術の犯罪が出たのは、近年初めてなのです。しかもハッキリとした魔法陣があり、生贄の物とおぼしき血臭までして……。城の者たちは全員混乱して怯えています。貴族たちは連日陛下のもとに詰めかけて、『一刻も早く魔女を処刑すべき』と訴えています。失礼ながら、我が国の陛下は皇帝陛下のように強いカリスマ性を持つ方ではありません。最終的に貴族たちに押された形になり……」

エリオットの性格を考え、ライアスはこのような最悪な状況に陥った過程をたやすく想像できた。

そして、ソフィアがどのような態度を取ったのかも察する。

（……彼女はこうと決めたら絶対に口を開かないだろうな）

短い付き合いながらもライアスはソフィアが口を閉ざし、何も語らなかっただろうと直感し、現在に至っただろう事に納得する。

「分かった。支度をしてすぐにサリエールに向かう。私は魔術医師の免許を持ち、先日ソフィアのすべてを〝診た〟。少なくともほんの少し前までは、ソフィアの体に黒魔術に関わった痕跡はなかった。サリエールに帰国してからの事は分からない。だが私が直々に向かい、再び彼女を〝診て〟判断しよう」

「ありがとうございます……！」

ライアスが魔術医師だと知り、侍女たちの表情が明るくなる。

「お前たちは宮殿で休んでいろ。私は支度ができ次第、供を連れてすぐにサリエールに向かう」

「いいえ！　大丈夫です！　私たちもまたサリエールに向かいます」

侍女の強い口調に、ライアスは虚を突かれる。

「……だが竜騎士がいたとしても、あの距離を休みなしで飛んでくるのは疲れただろう。女の身では酷だったはずだ」

「私たちは姫様の侍女です！」

二人で身を寄せ合い、顔色を悪くしつつもきっぱりと言い放った侍女を見て、ライアスはふっと表情を柔らかくした。

「……ソフィアが聞けば喜ぶな。……ではこの場で休憩しつつ待機していてくれ。すぐ戻る」

表情を引き締めたあと、ライアスは自らの足で走って宮殿に戻った。

そして臣下を叩き起こして今日からしばらくの間の予定変更を伝えると、飛竜に乗る身支度をして、すぐにサリエールに向かった。

＊＊

満月に処刑と聞いていたが、考えてみれば前日の夜にかなりふっくらとした月を見ていた。宮殿を出る前に天文官に尋ねたところ、満月まであと三日だそうだ。

ライアスは自身で飛竜を駆る事ができるため、侍女たちを竜騎士に任せ、自分一人のみ全速力でサリエールまで飛竜を駆った。

サリエール国の王都上空に着いたのは、日も暮れようとした頃だった。

飛竜を旋回させて着陸させる場所を見つけようとしていた時、王宮の北側にある塔の一つから、飛び込み台のように板が突き出ているのを見つけた。

（まさかあれが……）

侍女からソフィアは塔の最上階に閉じ込められていると聞き、満月の夜に投身により処刑が実行されるとも知らされていた。

目を凝らして塔の最上階を見つめていたが、飛竜が近付くにも限界がある。

国際法により飛竜が高い建物に近付ける距離は決められており、それを破って建物を破壊すれば、たとえ皇帝であろうが何らかの罰が下るだろう。

「……チッ」

舌打ちをすると、ライアスは飛竜をまず着陸させ、地上からソフィアを訪ねる事にした。

「エリオット陛下。これは一体どういう事か、ご説明頂こうか」

いきなりサリエールに飛竜を乗り付けた挙げ句、ライアスは来客用の部屋で着替えるのももどかしく、迎える準備のできたエリオットとクレアに凄んでみせる。

怒気を隠さないライアスは、大陸会議の時にソフィアに求婚したのと同じ形相で、見る者を威圧する迫力がある。

元より顔つきが整っていて凜々しいため、ライアスの真剣な顔は凶悪になりがちだった。

「……私とて胸が痛いのです。責めないでください」

ライアスに凄まれずとも悩み持ちのような顔をしているエリオットだが、今は顔色も悪く、すぐにでも倒れてしまいそうだ。

「実の娘が処刑されようとしているのに、それを『よし』とする理由はどこにおありか」

糾弾するかのように強く告げ、ライアスはエリオットをひたと見据える。

「娘が処刑される事をよしとする親などいません……！　私たちもどうしたらいいのか分からないのです。ですが……娘は、ソフィアは黒魔術を使用したと皆が言い、連日貴族たちが私たちに不安を訴えてきます」

「侍医に〝診察〟させていないようですね？」

「…………」

エリオットは自分たちがソフィアを調べずに処刑しようとしている事を指摘され、ぐうの音も出ない様子だ。

「……侍医は病のために休んでいて、留学した孫が正式な侍医に就くまであと僅かな期間でした。魔術医師を必要とする事もないと思い、繋ぎの期間は一般の医師しか置いていませんでした。我が国は魔術医師の育成が遅れていて、候補者を帝国やその他の大きな国に留学させても、そのまま外国で医師として働いてしまい帰ってこない事が多いのです」

「事情は理解したが、あなたも親ならソフィアの処刑に断固として反対するなどできただろう」

「……っ皆、〝聖女〟と呼ばれたソフィアが黒魔術を使った事実に動揺しています。ソフィアの普段の印象が〝聖女〟であるがゆえに、『裏切られた』という感情で娘を糾弾しています。それが民意ならば、私も王として〝娘〟を特別扱いしてはいけないと思って……」

「何が民意だ！」

だんっ、と拳でテーブルを叩いたライアスは、忌々しく吐き捨てる。

「ソフィアはあなたを『良い王だ』と称していました。人間生まれ持っての性格があり、君主に向き不向きはあるかもしれない。だがそれも踏まえて、懸命に善政を施している姿を尊敬するとも言っていました」

娘が陰で自分を評価していたというのに、このような状況になり、エリオットは何とも言えない表情になる。

「民のためになる施設を整え、民を第一に考えるその姿勢は立派だと私も思います。ですが、あなたが守るべき対象は国と民の他に、家族もいる。ソフィアの事を大切に思っていないのですか？　民が『魔女は殺せ』と言っているなら、民に逆らうのが怖くて、よく調べもせずに娘を処刑してもいいと？」

「ち、違います！」

今度はエリオットがテーブルを叩き、わなわなと唇を震わせてライアスを睨みつける。

「皇帝陛下は……っ、私の気持ちなどご存知ない！　国を治め、波風立てないように外交をするだけでも精一杯です。臣下が私をどのように思っているか神経質になりながら、良い政治をするためにすべての誇りを捨て……」

「それはあなたの保身でしょう」

スパッと言い切られ、エリオットは目を丸くする。

「エリオット陛下に必要なのは、為政とご自身の心を切り離す事です。為政者の誰一人として、好き嫌いで国に関わる決定をしません。もしそれをする者がいるならば、そいつは大馬鹿者です。為政者としてすべき事をしたのなら、あとは誰から好かれようが嫌われようが、堂々としていれば宜しい」

ソフィアより一つ年下のライアスに言われ、エリオットは気圧されたように言葉を失う。

「……それはそうと、いま大切なのはソフィアです。私は魔術医師としての免許を持っています」

そう言ってライアスは内ポケットから、魔術医師協会に入っている医師のみが所持できる、紋章入りの手帳を見せた。

「いまサリエールに彼女を〝診る〟事のできる侍医がいないのなら、私に彼女を〝診〟させてください」

本物の医師手帳を確認し、エリオットは頷いた。

「……皇帝陛下にお任せします。塔に案内させますので、見張りに何か言われましたらこちらをお見せください」

エリオットは部屋の隅に控えていた侍従に頷いて見せ、用紙にライアスのソフィアへの面会を許す旨を書くと、侍従に手渡した。

「あなたは行かないのですか？　実の娘でしょう」

立ち上がったライアスは、部屋を去り際に尋ねる。

「……父だからこそ、会わせる顔がないのですよ」

寂しげに呟いたエリオットの気持ちは、今までの会話で察する事ができた。

ライアスは特に何も言わず、「失礼します」と告げて足早に応接室を去った。

＊＊

（騒がしいわね……。誰か来たのかしら）

塔の上の部屋で本を読んでいたソフィアは、階下から聞こえる話し声を耳にして溜め息をつく。

どうやら誰かがこの部屋を目指して上がってくるのを、他の者たちが何とか宥めようとしている雰囲気だ。

そう思っていた時、部屋のドアの鍵が開けられライアスが顔を見せた。

「ソフィア」

「⁉　ラ、……ライアス……様……？」

ソフィアはポカンとした顔をし、椅子から立ち上がる。

テーブルに置いた本は癖がついていたからか、そのままでも閉じる事はなかった。

「どうして……」

もう二度と会えないかと思っていた人が、目の前にいる。

信じられない気持ちのまま呆然としていると、ツカツカと歩み寄ってきたライアスに力強く抱き締められた。

「……っ」

ライアスの温もりを感じ、彼の香りを胸一杯に吸い込む。

それだけで引っ込んだはずの涙がまたこみ上げ、ソフィアは両手を彼の背中にまわし、しっかりと抱き締めた。

こうなった事への謝罪や、なぜ彼がここにいるかを問わず、ソフィアはライアスを抱き締めたまま、静かに嗚咽し続ける。

ライアスもまた、何も言わずソフィアを抱き締めてくれていた。

やがてソフィアの感情が落ち着いた頃、ライアスはソフィアをベッドに座らせ、尋ねてくる。

「なぜこうなった。俺は妹に会いに行くのは許可しても、俺の元を永遠に去る事まで許可した覚えはない」

ソフィアの無事を確かめてライアスも落ち着いたようだが、その声には押し殺した怒りが窺える。

「……申し訳ございません」

ソフィアはただ、謝るしかできない。

相手がライアスであっても、ソフィアはアンナの事を話すつもりはない。

仮にライアスによって血だと思われていたものがウクリアの尿であると証明されても、アンナが明確な意志を持って黒魔術を行使しようとした事は変わらないからだ。

「君は言い訳すらしないと、侍女が嘆いていた。侍女たちは君のためにサリエールから飛竜に乗って帝都まで駆けつけ、休む間もなくまたこちらに戻って来た。彼女たちは侍女の鑑だな。正直、君の侍女たちには嫌われていると思っていたが、『ソフィア様を守ってくださるのでしょう』と言外に認めてくれているようだ」

「あの子たちが……」

サリエールにいた時から常に身の回りにいた侍女たちの顔を思い浮かべ、ソフィアは思わず笑顔になる。

そしてこんな事になっても、迷わず主であるソフィアを信じて助けようとしてくれる気持ちに目頭が熱くなった。

俯いて涙が零れないように堪えているソフィアを、ライアスが抱き締めてくる。

「こんな環境にいて、体は壊していないか？」

「大丈夫です。健康なのが取り柄ですから」

「なら良かった。……もう一度訊きたい。なぜこうなった？」

ライアスはソフィアの隣に腰掛ける。

彼はソフィアが木靴すら履いていないのを見て、何か言いたそうな顔をしていた。

だが唇を引き結び、この状況を解決するために再度尋ねてくる。

ライアスが自分を想ってくれているのは分かるが、ソフィアは何も話せない。

黙りこくったソフィアを、ライアスはしばらくの間、辛抱強く見つめながら話すのを待ってくれていた。

その沈黙に耐えかねたのは、ソフィアのほうだ。

「お話する事は何もありません」

ライアスの顔すら見られず、ソフィアは俯いたまま頑なに言う。

そんなソフィアの手首を、ライアスは力強い手で握ってきた。

「俺はつい先日、君の体をあます事なく〝診た〟。あの時の君の体は、精神、魂までも清らかそのもので、黒魔術の痕跡すらなかった。異変があるとすれば、君の魂に絡まった呪いだけだ。黒魔術を使うつもりのある者は、魂の色が濁っている場合が多い。だが君の魂はとても綺麗な色だった。そんな君が妹に向かって黒魔術を使うなどあり得ない」

自信満々に言い切ったライアスの言葉を聞いて、ソフィアはハッとする。

アンナを庇うために黙秘し続ければ……、と思っていたが、それだけではないと今になって気付いたのだ。魔術医師の手に掛かれば、あっという間にすべてが分かってしまう。

（……でも、診察は、拒絶できるはず。あの時は受け入れても、今は拒否すればいいだけだわ。魔術医師の〝診察〟は、患者が拒否すれば行使できない）

死にたいなど思っていない。

したい事は沢山あるし、ライアスとの幸せな結婚を夢想していた。だが自分の幸せの足元に、妹の犠牲があってはならない。

ソフィアは自分のせいでアンナが辛い思いをするのなら、自分は幸せにならなくてもいいとすら思っていた。

奇しくもソフィアのその気高さが、他者から見て〝聖女〟と称される由縁となったのかもしれない。

なおも黙っているソフィアを見て、ライアスが溜め息をつく。

（失望させてしまった）

もとよりアンナを庇い抜くと決めた時から、ライアスを裏切り、傷付けると分かっていた。それなのにソフィアは彼に溜め息をつかれ、泣きたい気持ちになっている。

「頑固者」

加えてそう言われ、ソフィアは瞠目したあとにノロノロとライアスの顔を見上げた。

「…………」

目の前には、この上なく傷ついた目をしたライアスがいる。

「窮地に陥っているのに、俺に何も話せないのか？　そこまで俺を信用していないのか？」

「っ、ちが……っ」

「違わないだろう。君が俺との未来を望んでいたのなら、ここで俺に助けを求めてくれるはずだ。俺だって君が何かを守ろうとしている事ぐらい察している。だがそれが〝何〟であるかきちんと話してくれなければ、俺だって力になりようがない。エリオット陛下には君を診察すると言ってここに案内してもらったが、嫌がる君を無理矢理魔術でこじ開ける事もしたくない」

正論を言われ、ソフィアの目にみるみる涙が浮かび上がる。

（っ駄目……っ。どうにもならなくて泣くだなんて、そんな子供じみた事をしてライアス様を困らせては駄目！）

「泣きたいのなら泣けばいい。俺は君の本当の気持ちが知りたい。〝聖女〟や〝聖母〟と言われていた、上っ面のサリエール第一王女など要らない。俺はソフィアが欲しい。君の裸のままの心を知り、君がいま俺に何を求めているのか知りたい。……その上で、二人で解決策を考えよう。俺たちは夫婦になるんだろう？」

ぐっと抱き寄せられ、涙がライアスのジャケットに吸い取られる。

ソフィアの〝外側〟でなく、きちんと〝内側〟に興味を持ち、求めてくれる人が目の前にいる。

いま言われた言葉たちは、ソフィアがずっと望んでいたものだ。

「っ、……ふ、……ぅ、……うっ」


——嬉しい。


「……っでも……っ」

ソフィアの耳には、アンナの苦しげな独白がこびりついている。

一人で劣等感を抱えて、さぞや辛い思いをしただろう。それを本人に打ち明けて解決してもらうのに、どれだけの勇気が要った事だろう。

今までアンナに何もしてやれなかったからこそ、ソフィアは彼女の最大の秘密をどうしても守ってやりたかった。

「『でも』？　何だ？　何でも言ってみろ」

ライアスは床に膝をつき、ソフィアの両腕を摑んで顔を覗き込んでくる。

それにソフィアは頭を左右に振り、「やはり言えない」と歯を食いしばった。

頑なな態度を貫くソフィアを診て、ライアスは業を煮やし「チッ」と舌打ちをした。

そして立ち上がると、ソフィアをベッドの上に押し倒した。

「あ……っ？」

急に体勢が変わって混乱するソフィアの上に、ライアスが馬乗りになり、乱暴にジャケットを脱ぐと床の上に放った。同じようにベストも脱いで放り、シュッとクラヴァットを首から抜いて、ソフィアの両手首をベッドの頭部にある格子に絡め、縛《いまし》めてしまった。

「その頑固な口が開くようにしてやろう」

ライアスは、ク、と皮肉そうに笑うと、問答無用でソフィアのワンピースを捲り上げた。

「ラ、ライアス様……っ！」

四人用のワンピースの下は、コルセット等のしっかりとした下着はつけていない。

ドロワーズはあっという間に脱がされ、シュミーズも肩紐《ひも》のリボンを解かれて、ソフィアは一糸纏わぬ姿になってしまう。

おまけにクシャクシャになったワンピースが頭上で纏められた腕に絡まっているので、体の自由が利かない。

「安心しろ。君の処女は結婚するまで守ると決めている」

処女、と言われ、自分がこれから何をされるのか察し、ソフィアは怯えた。

「……ふん。ここは〝戒めの石〟でできているのか」

目を閉じて周囲の気配を感じたあと、ライアスは忌々しげに呟く。

そのあと掌を天井に向けたかと思うと、口元で何か呟いて部屋全体を覆う魔法陣を錬成した。

「な……っ⁉　こ、ここでは魔術を使えないはずで……っ」

「〝戒めの石〟の魔術解析なら、十三歳頃にもう済ませてある。色々面倒だから、魔術学会には発表せず、自分だけの研究成果としておいた。〝戒めの石〟が発する魔術回路の隙を縫って、俺だけがここで魔術を使えるようにすれば、何の問題もないだろう」

（……何て人なの……）

〝戒めの石〟は自然物であり、その石がある地域は魔術が使えないので、飛行魔術を使う者などは近寄らないようにと言われているほど、魔力が高い。

有史以来石や水、土など、土地により魔力を帯びる場所を研究者や学者たちが調べては議論している。ライアスは彼らが長い年月をかけて構築した理論を軽々と飛び越え、誰の得にも損にもならないようにして、自身の知的好奇心を満たすためだけにサッと解析してしまったのだ。

「さて。医療魔術の中に、処女膜を傷付けず女性器の検査をする術式があるのは知っているか？」

こちらを鷹揚《おうよう》に見下ろしたまま、ライアスが手元で術の印を結ぶと、彼の手元で魔法陣が錬成されてゆく。

「ま……まさか……」

金色の目を大きく見開いたままのソフィアの目の前で、ライアスはトラウザーズの間から自らの屹立を取り出すと、先端から根元に向かって被せるような手つきで魔法陣を男性器に通過させた。

そしてそれが根元まで辿り着くと、ライアスの下腹に小さな青い紋章が宿った。

「コレがついている間、俺が君を犯しても処女膜は破れないし、中に子種を放っても孕む事はない。便利だろう？　今でこそ女性器の内部を調べるための道具にかける術だが、昔は処女検査というものをするために、教会に属する医療魔術士が審問官にかけた術だ」

「どうして……」

いきなり人が変わったような態度を取られ、ソフィアは愕然としている。

その問いに、ライアスは瞳に怒りと悲しみを浮かべ、ソフィアを睨みつけてきた。

「君が頑固だからだろう。何があったかさえ話してくれれば、君はこんな場所にいる必要もないんだ。処刑されるんだぞ？　それが分かっているのか⁉　それとも、君は人の命がこの世からなくなるという事を、そんなに軽んじているのか？　自分の命は自分一人のものだと？　あとに残される俺やご家族、君に忠誠を誓っている侍女たちなど、知らないと言うのか？　そんな薄情な女だったのか？」

ライアスの底冷えのする目は、ソフィアの心の奥まで射貫いてくるように思えた。

「そ……、そんな言い方をしなくたって……っ。わ、私だって……っ」

生きたいし、ライアスを愛していきたい。

家族の幸せを見守りたい。

続く言葉をグッと呑み込み、ソフィアは歯嚙みする。

「……そういうところだと言っているんだ。言いたい事があるならちゃんと言え！　立派な口があるだろう！」

苦しげに言ったあと、ライアスはソフィアに口づけてきた。

「ん……っ、――む、……ぅ」

鼻腔にライアスのいい匂いがフワッと入り込み、頭の芯まで彼で一杯になる。

柔らかで温かい舌に唇を舐められ、はぁっと切なげに息をついた間隙から、彼の舌がヌルリと口内に入り込んだ。

「ぁ……っふ、……ぅ」

ヌルヌルと口腔を舐められ、いやらしい舌使いに背筋がゾクゾクする。知らずとソフィアの腰は浮き、覆い被さっているライアスの腰に自身の下腹を押しつけていた。

「……すぐそうやって俺を欲しがる癖に」

キスの合間にライアスが呟き、その意地悪な言い方にすら感じてしまう。

彼の両手はソフィアの乳房を摑み、ねっとりとした手つきで揉みしだいてくる。指で乳首を弄られると、まだ柔らかかったそこはすぐに凝り立ち、硬く勃起してさらなる刺激を求めた。

「ん……っ、ン、……ん、ぅ……」

指の腹で乳首をスリスリと撫でられると、形容しがたい感覚がソフィアを襲う。搔痒感《そうようかん》にも似たそれは、確実にソフィアの体の奥に快楽の熾火《おきび》を作っていった。

お腹の奥で何かがトロリと滴った気がしたかと思うと、ライアスの欲芯に花びらを擦られてネチャリと音がする。ソフィアは自分がキスだけではしたなく濡らしているのを知り、顔から火が出るほど赤面した。

「また……胸を吸ってやろう。君は乱れ、俺も獣になる」

「や……っ」

ライアスがその身に術を掛けて孕む心配がなくなった今、また母乳の呪いが発動すれば、催淫《さいいん》効果により最後まで抱かれかねない。いくら処女膜は破れないとはいえ、初めてを奪われる事に変わりはない。ソフィアは恐怖で眉を寄せ、ふるふると首を振った。だがライアスは悪辣に笑ったあと、赤い舌を見せつけるように出し、ソフィアの胸元に顔を移動させた。

「ぁ……っ、あ……っ」

れろぉ……と真っ白な乳房に舌が這い、濡れた道を作ってゆく。

舌は色づいた乳輪に辿り着き、焦らすようにその周囲を舐め回した。

「や……っ、ライアス……様……っ」

ライアスは怯えているソフィアの腹部からくびれた腰を撫で下ろしたあと、魅惑的な臀部から太腿まで手を滑らせた。

「堕ちろ、聖女よ。俺の手の中で淫らに母乳をまき散らして、ただの女になって俺に縋れ」

ライアスが酷薄に笑い、とうとうソフィアの乳首に吸い付いた。

同時に濡れそぼった花弁をヌルリと撫でられ、ソフィアはとっさに胎児のように身を丸めて襲い来る快楽を堪えようとした。

「あっ……！　あぁあぁぁ……っ」

ライアスの舌によって乳首を舐められ、吸われた瞬間、また乳房全体が熱く疼き、先端からピュクッ……と母乳が漏れ出てしまった。

久しく忘れていたように思える熱に再び襲われ、ソフィアの頭に霧がかかる。

もう本能的に「胸を吸われたい。気持ち良くなりたい」としか思えなくなっている。ソフィアは自らライアスの頭を抱き、さらに胸を吸うよう促していた。

ジクジクと疼く乳首を温かい舌に舐められ、彼の口内でレロレロと弾かれる。

大事な部分だというのに、ライアスの舌によって好きなように弄ばれていると思うと、被虐的な悦びがソフィアを支配した。

「あぁ……、あぁあ………」

ライアスの舌にいやらしく乳首を舐められ、溢れる母乳を吸われる。

下腹部では濡れた花弁を何度も指で弄ばれたあと、小さな蜜口に彼の指がつぷりと入り込んできた。

すぐに彼の指は泥濘《ぬかる》んだ蜜壺《みつつぼ》を掻き回し、蜜で満ちた狭隘な場所を奥へ奥へと探ってくる。時おり柔らかな壁を指の腹で押し、または指を小刻みに動かして撫でる。ノックをするようにトントンと膣壁《ちつへき》を打たれると、子宮までその振動が届いてソフィアは新たな蜜を吐き出した。

静かな室内に、ソフィアの荒々しい呼吸が響く。

それと一緒に聞こえるのは、ライアスがちゅうっ、ちゅぱっとわざと音をたてて乳を吸う音と、ぐずついた蜜壺を男の節くれ立った指が暴く音だ。

「あん……っ、ン！　あぁあぁ……っ、あ、吸わ、……ない、でぇ……っ」

「こんなに母乳を出しておいて何を言っている。甘い汁を垂らし、吸ってくれと言わんばかりじゃないか」

「ぁ……っ、甘く、なんか……っ」

「本当に甘いぞ？　味わってみるか？」

そう言ってライアスは愉悦の籠もった笑みを浮かべたかと思うと、片手でソフィアの乳房をギュッと握り、ビュッと飛び出た乳を思いきり吸った。

「っんあぁあぁぁあ……っ！」

乳房がジンジンと熱く、今にも破裂してしまいそうだ。疼いて堪らなく、「もっと母乳を出したい」と思ってしまう。

「ぁ……、あ………」

蕩《とろ》けた顔をしているソフィアの顎を捉え、ライアスが唇を重ねてきた。

「ん、――――む」

そして口移しされたのは、ソフィアの母乳だ。

舌先に触れた母乳は確かにほんのり甘く、ミルクの味がする。

（私の魔素の匂いだわ）

その甘さの正体をソフィアは理解した。

ソフィアが魔術を使うと、魔素の白い花びらが体からあふれ出る。時間が経つと大気中に溶けて世界の魔力に還元されるものだが、魔素には個人の特徴が出て、時に香りがする場合もある。

ソフィアの魔素の場合、ほんのり甘い香りがして、彼女が癒やしの術を使う時はいつも周りにいた者がうっとりとした顔をしていた。それもあり、ソフィアは余計に〝聖女〟や〝聖母〟と言われていたのだ。

だが今ばかりは、魔力が凝縮されて体から出たもの――魔素を口にし、酒を飲んで酩酊《めいてい》したかのような心地になった。

甘いミルクの中にぽちゃりと落ちて、身も心もいやらしく作り替えられている気がする。

「あ……、あぁあ……、んっ、んぅ……あ……っ」

ライアスの指が動くたびに、ぬちゅり、ぬちゅり、と淫靡《いんび》な蜜音が立つ。その音の具合から、自分がとんでもなく濡らし、粘度の高い蜜で彼の指を汚している事を知った。

「いやらしいな。……蕩けた顔をして快楽を求め、大きな乳からは母乳を垂れ流して、指を挿れられて悦んでいる。ソフィア、お前は〝聖女〟でも〝聖母〟でもない。ただの女だ。俺の手によって愛らしく啼《な》く、一人の女だ」

耳にライアスの美声が囁き込まれ、ゾクゾクッと悦びが全身に駆け抜ける。

「あぁ……あ……、やぁ……っ」

それは自分を否定する言葉なのに、一番望んでいた言葉でもある。

誰もが望んだ女神のような清く美しい姿ではなく、その女神が地に引きずり落とされて淫らに喘《あえ》いでいる姿を、ライアスは〝是〟としてくれている。

今まで臣下や民の理想を守り続けていたソフィアにとって、自身の存在意義が崩壊しかねない心地になっている。

この世のすべての人の期待を裏切り、ソフィアはたった一人のために欲望を剝き出しにした姿を見せようとしていた。

「ほら、もっと喘いでみせろ。こうやって蜜壺を擦られるのが好きだろう？　君が俺の手を欲を孕んだ目で見ていたのも知っている。いやらしい妄想をしていた指を入れられてどうだ？　もっと太いはずだった？　奥まで届くはずだった？」

虐めるかのように言葉で責め、ライアスは言葉の合間にソフィアの母乳を吸い、乳房を伝って零れ落ちるそれを舐め上げた。

指はプチュプチュと音を立てて小さく前後し、指の腹でザラついた肉壁を擦ってはソフィアの感じる場所を探す。

「うんっ……っ、あ！　あぁっ」

一際感じる場所を指の腹で探られ、ソフィアはビクンッと体を震わせた。

その反応を見たライアスは意地悪く笑い、蜜をまぶして濡れた親指でヌルヌルとソフィアの肉芽を弾き、いじめてきた。

「っあぁあああぁ……っ！」

さやから顔を出したメスの弱点に直接触れられ、ソフィアは哀れっぽい声を出して絶頂した。

キュウキュウとライアスの指を膣肉で喰い占め、蕩けきった顔で天井を見上げたまま震え、硬直し――ゆっくり体を弛緩《しかん》させていった。

「あぁ……」

ぐったりとベッドに横たわったソフィアを、ライアスは熱っぽい目で見下ろし、己の屹立に触れる。

しごいて硬度を増すまでもないそこは、凶悪にそそり立ってソフィアの中に潜る事を望んでいた。

「ソフィア、入れるぞ」

「あ……、待って……くだ、さ……」

脳内は霞《かすみ》がかかったかのようにぼんやりして、まともに思考が働かない。それでも小さく首を横に振るソフィアは、彼がこれからとんでもない禁忌――婚前交渉をしようとしているのを何とか止めようとする。

幾ら自分たちが好き合っていて、魔術を使って処女膜の損傷を防げるとしても、ソフィアの気持ちは変わってしまう。

そうなればもう、自分は後戻りできない気がした。

皆の期待に応えようとした〝聖女〟〝聖母〟としての自分をかなぐり捨て、一人の男性をあさましく求める〝女〟になる気がして恐ろしい。

もし自分が女の欲望のためにライアスの言う事をすべて聞いていれば、現在何より大切にしているアンナを守るという気持ちすら、揺らぎかねない。

ライアスの事は愛している。

彼と結婚したい。

孤独な彼の側にいて、彼を癒やしたい。

けれど――。

さまざまな思いがせめぎ合い、ソフィアは歯を食いしばり、涙を流していた。

「迷うな。俺を信じて楽になれ」

だがそんなソフィアの頭を優しく撫で、唇にキスをし、ライアスは優しく微笑んできた。

――あぁ……。

すべてが決壊しそうになっているソフィアの陰唇に、ライアスが屹立を滑らせてきた。

「――言え。今ならまだ間に合う。君が必死に守ろうとしているモノは何だ？」

ヌトッと濡れそぼった花弁に肉茎が滑り、敏感に膨らんだ肉芽をいたぶられてソフィアは腰を跳ねさせる。

「んぁ……っ、あ、…………い、……言えません……っ」

本当は今すぐにでも降参して、ライアスにすべて身を委ねたい。

だがアンナが自分の代わりにこの塔に入る事を考えると、ソフィアはどうしても口を噤まざるを得なかった。

「――分かった。その身に快楽を刻むといい」

うなるような低い声が聞こえたかと思うと、ソフィアの蜜口に彼の亀頭が押し当てられ、グッ……と侵入してきた。

「あっ！　い、いけません……っ！」

「話したくないなら、話したくなるよう体に躾けるまでだ」

――とうとう初めてを奪われてしまう……！

そう思ってギュッと目を閉じたソフィアが得たのは、太い肉棒がぬぷぬぷと狭隘《きょうあい》な蜜道を押し入ってくる感触だ。

「初めては痛い」と誰もが言っていたので、当然そうなのだと思っていた。

だが今ソフィアは、感じ切ってふっくらとした膣肉に男の肉棒を受け入れ、身を震わせるほどの悦楽を得ていた。

「あああぁああぁ…………っ！」

(何これ！　何……っ！　こんなの、知らない！)

「くっ……、きつい……」

ライアスは歯を食いしばり、眉間に皺を寄せて苦しそうな顔をしている。

彼が辛いのか、はたまた痛いのか分からない。だがソフィアはライアスを思いやる心の余裕すらなく、自身を貫く熱杭《くい》にブルブルッと身を震わせて口端から涎を零していた。

ライアスは食い縛った歯の間から息を漏らし、ズッズッと何度か腰を揺さぶって一物を奥まで埋め込もうとする。

「待って……っ！　待ってください……っ、こんな……っ、こんな……のっ」

頭の芯がボーッとし、高熱が出た時のようにまともに思考が働かない。

「もう俺はソフィアの中にいる。今さら待つ事などできない」

そう言ってライアスはソフィアの腰を抱え、ズンッと最奥まで一気に貫いた。

「っんあぁあああぁ……っ！」

ジィン……と全身にとんでもない淫悦が染み渡ってゆく。二十五年間生きてきて、こんなに気持ちいいものを味わった事はなかった。

――もっとほしい。

心の奥底からとめどない願望が溢れ、ソフィアの瞳を濡らす。

自分が媚びるような目でライアスを見ているのを知らず、ソフィアは新たに零れそうになった涎をペロリと舐め取った。

「っあぁ……っ。思っていた以上に堪らない顔をする……っ」

ライアスはグシャリと髪を掻き上げたあと、荒々しく息をつく。腰でぐぅっとソフィアを突き上げながら、両手を縛められたままの彼女にキスをしてきた。

「んぅ……っ、ん、ふ、……んぅっ、ん、……」

唇を舐められ、ライアスの舌から母乳の甘い味を感じると、もう堪らなかった。

それが自分の発する味だと分かっていても、呪いを掛けられて出る母乳は二人を淫獄に突き落とすのだ。

ライアスはソフィアの母乳を舐めて肉棒をこの上なく硬く張り詰めさせ、ソフィアは蜜壺を疼かせてさらに乳頭から母乳を零す。

甘いミルクの匂いがする中、二人は互いの舌を舐め合い、絡めては吸い、淫らなキスを交わした。

時おりライアスが腰を揺らし、亀頭でソフィアの子宮口を押し上げては、二人で切ない吐息を漏らす。

「あぁ……っ、あ、……あぁ……」

いやらしいキスが終わったかと思うと、ライアスは両手でソフィアの乳房を寄せ、中央に集めた両乳首を一度に吸ってきた。

「っひぁあああぁ……っ！」

並大抵の巨乳ではない質量を見せるソフィアだからこそ、ライアスもそんな芸当ができる。まるで感度が陰核ほど敏感になった乳首をレロレロと舐められ、ソフィアは次から次に母乳を零し、体を小さく痙攣《けいれん》させていた。

「胸を吸われているだけで、軽く達《い》きっぱなしだな？　いやらしい呪いを掛けられたものだ」

「いやぁ……っ」

言葉で辱められ、恥ずかしくて堪らないのに、嫌だと思われないのは相手がライアスだから の一言に尽きる。

「いつまでも甘達きだけでは物足りないだろう？　本物の絶頂を味わわせてやる」

ソフィアの母乳の味に興奮したライアスは、瞳に獰猛な光を宿し、酷薄に笑った。上半身を起こすとソフィアの乳房を気の向くままに揉み、グチュグチュと淫音を立てて腰を叩きつけてきた。

「っあぁあっ、あっあ、あっ、あ、あっ……ん、あぁあ……っ」

最奥に亀頭を強く押しつけられるたび、目の前でパッパッと光が明滅する。生理的な反応で足が跳ね上がり、ソフィアは玩具のような反応を見せながら感じ抜いた。

蜜洞を肉棒が出入りし、鰓の張った雁首《がんくび》や太い竿でゴリゴリと擦るたび、息が止まってしまうほどの淫悦を得てソフィアは悶《もだ》える。

口端から涎が垂れても舐め取る事すらできず、かつて臣下や民から〝聖女〟〝聖母〟と呼ばれ慕われた彼女は、一匹のメスとなって発情していた。

「あぁあぁーっ、あぁあああ……っ、気持ちいい……っ、気持ち……っ、い、ぃ……っ」

頭の中にはそれしかなく、あまりの快楽に涙すら流してソフィアは腰をライアスに押しつける。

だが――。

「え……っ？」

突如としてライアスが腰の動きを止め、呼吸を整えながらソフィアを見下ろしてくる。

気持ちいい事を突然やめられて、ソフィアは混乱したまま自ら拙く腰を動かした。彼の肉棒を締め付け、もっと突いてほしいとぎこちなく腰を揺らす。

「言え。君は何を隠している」

「…………」

だが再び問われ、自分がこうなっている原因を思い出すと、ソフィアはクシャリと泣きそうな表情になり、それでも首を横に振った。

「すべて打ち明けてくれたら、快楽もやるし、君の悩みすべてを解決する」

「…………っ」

涙を零しながら、ソフィアは激しく首を左右に振った。

「……この分からず屋……っ。〝診察〟で君のすべてを暴いてもいいんだぞ⁉」

とうとう苛立ったライアスは声を荒らげ、ソフィアを激しく突き上げてくる。

「っあぁあっ！　あっ、――そ、そんな事をしたら、患者の同意なしに無理矢理〝診〟ようとするなら、あなたを軽蔑します……っ」

ズンッと突き上げられた瞬間、ソフィアはつま先をピンと伸ばして絶頂した。頭の中が真っ白になって浮遊感すら覚えたが、執念にも似た思いが言葉を紡がせる。

「っこの……っ」

ライアスもムキになり、そこから先、ソフィアは細腰を掴まれてガツガツと突き上げられ、彼に蹂躙《じゅうりん》された。

簡素なベッドは激しく軋み、髪の毛はシーツに擦れて乱れ、母乳やあらゆる体液が飛び散って辺りに甘ったるい匂いを漂わせ、二人の荒々しい呼吸が石造りの部屋を満たしてゆく。

ぐずついた膣肉を何度もほじられ、柔らかくなった子宮口を激しく押し上げられるたびに、つま先から脳天まで突き抜けるほどの快楽がソフィアを支配する。

何度大きな声で喘ぎ、力という力を使っていきみ、達したか分からない。

二人の結合部はぐしょ濡れになり、ライアスが腰を叩きつけるたびに激しい水音がした。

「あぁあああぁ……っ、あぁあああーっ、んんんぅうああぁあ……っ」

ソフィアは外に見張りが立っている事など失念し、獣のような声を上げて善がり狂う。

数え切れないほど快楽の頂点に突き上げられては、谷底に突き落とされるかのように失神しかけ、また意識が戻って激しい愉悦の波間で嬲《なぶ》られる。

終わりのない淫獄で喘いでいた時、ライアスの腰の動きが段々激しくなってきた。

「ソフィア……っ、――――この……っ」

悔しそうな彼の声を聞いて、ソフィアは潤んだ目で彼を見上げる。

涙で滲んだ視界の中で、ライアスは気持ちよさそうな、けれど今にも泣き出しそうな顔をしていた。

愛する女が処刑されようとしているのに、救えないやりきれなさ。

ライアスの美しい青い瞳にはその悔しさが滲み出て、いっそソフィアを憎むかのような目でこちらを睨んでいる。

痛切な瞳を受けて胸の奥に深い罪悪を感じた時、——ライアスが終わりの声を上げた。

「っあぁ……っ」

苦しそうに呻いたあと、ライアスは倒れ込むようにしてソフィアを抱き、腰を弓なりに反らした彼女の乳首を吸いながら胴震いした。

「っんんぁああ……っ！　あぁ……っ、吸ったら……っぁ、——あぁ……」

体内で彼の肉棒が暴れ、ビュクビュクと白濁をまき散らす。ソフィアもまたライアスに乳首を吸われたまま、彼の口内に白い母乳を噴射していた。

「っあぁ…………あ………、ぁ……」

快楽という快楽を得た果てに絶頂し、ソフィアは半分気絶して体を弛緩させた。

ライアスはすべての欲液を出し切ったあとに艶冶《えんや》な溜め息をつき、口内に溜まった母乳を唾液と一緒にゴクッと嚥下《えんげ》した。

彼はもう一度ソフィアの乳首に吸い付こうとしたが、はた、と呪いを思い出して唇の行く先を変え、彼女の唇にキスをする。

ソフィアに掛かった呪いは乳首を吸う事で母乳が出て、絶頂すると収まる。

ここで乳首を舐めてしまっては、また彼女が辛い思いをし、自分も歯止めが利かなくなると思ったからだ。

脱力したままのソフィアの唇を存分に味わったあと、ライアスは気だるい体をゆっくりと起こした。

しどけなく横たわるソフィアは、腰に震えが走るほど淫靡な姿をしている。

もう一度犯してやりたいと思う獣性を押し込め、ライアスは彼女の蜜壺から屹立を引き抜くと、下腹部に宿していた魔術を解いた。

（これさえしていれば、彼女の処女性を損なわせる事もなく、殺精効果もあるから孕ませる事もない。だがソフィアにとってみれば抱かれたと同義だろう。……しかし、ここまで思い切った手を取っても口を割らないとは……）

溜息をついてライアスは別の術式を組むと、二人の体や寝具を濡らしている体液を浄化していった。

あっという間にソフィアはサラリとした肌を取り戻し、ライアスは彼女の両手を縛めていたクラヴァットを解き、うっ血していた手首の治療も魔術でする。

そして下着とワンピースを着せたあと、薄いブランケットを体に掛けてやった。

床に落ちていた自分の服を拾って着ながら、ライアスはこれからどうすべきか考える。

ふと思い出して、防音の効果も果たしていた自分の結界を解くと、魔術で部屋の換気もした。

溜め息をつきつつベッドに腰掛け、ライアスはソフィアの事を考えながら彼女が目を覚ますのを待った。

その目は目の前の空間を見据え、強い決意を秘めている。


ソフィアが目を覚ますと、サリエール城の自分の部屋でもなく、帝都にある宮殿の寝室でもなく、石造りの冷たい天井が目に入る。

一瞬自分がどこにいるのか分からず、ソフィアは独り言ちる。

「私……」

呟いたあと、大きな手に頭を撫でられた。

ハッとして横を見ると、ベッドの縁にライアスが腰掛け、優しい目でこちらを見ている。

「ライアス様……」

まだ思考がハッキリしていないソフィアは、一瞬「どうしてこんな所にいるのだろう？」と考えたあと、一気に先ほどまでの嬌態を思い出し、真っ赤になった。

バッと壁のほうに寝返りを打つと、ライアスはクツクツと喉で笑いながら、さらにソフィアの頭を撫でてくる。

「……放っておいてください。こんな可愛げのない女の事など……」

言いたいのはこんな言葉ではないのに、自分を救おうとしてくれるライアスに顔向けができなくて、ソフィアはつい憎まれ口を叩いてしまう。

「体は辛くないか？　腹は痛くないか？」

けれどライアスは怒る事なく、ソフィアの体調を気遣ってきた。

「……大丈夫……です。脚の付け根が少しぎこちない感じがしますが、それ以外は特に……」

「俺の魔術はきちんと成功していたから、君の処女を奪ってはいない。君の中で放ったが、魔術により、吐かれる子種に孕ませる効果はない。それも安心してくれ」

「……はい」

小さく頷き、つい、幸せな未来を夢想してしまう。

自分があのまま帝都で幸せに暮らし、両親に正式な婚約を発表して、盛大な結婚式を挙げた果てに、ライアスとの間に子をもうける、幸せな未来を。

「今日は君も疲れただろうから、一度去る。あと三日猶予があるから、毎日君の顔を見に来る。話したくなったらいつでも話してほしい。君の心を無理にこじあけたくない。……だから、自分と向き合ってたくさん考えてほしい」

「…………」

こんな事になっても、まだライアスはソフィアの無実を信じ、何とかしてくれようとしている。

申し訳なく、どうしたらいいか分からず、ソフィアは返す言葉もなく黙ってしまった。

「先ほどの行為について、結界を張っておいたから見張りに物音は聞かれていない。それとなく会話をしている幻聴のおまけをつけておいたから、君は何も心配しなくていい」

「……はい」

何から何まで、ライアスの世話になりっぱなしだ。

非常に申し訳なく、情けない気持ちのまま背中を向けているソフィアの髪を、ライアスは丁寧に手で撫でつけ、サラサラと零した。

「また明日来る」

最後にポンポンとソフィアの頭を撫で、ライアスは見張りに声をかけて部屋を去って行った。

「……ごめんなさい……」

ライアスが真剣に自分を想ってくれていると分かるからこそ、ソフィアはどうしたらいいのか分からない。

彼の手を取りたい。

彼に縋って、すべてをぶちまけて楽になりたい。

――それでも、万が一アンナが悪者にされてしまう状況を考えると、ソフィアは一言も話せる気がしないのだった。

それから三日の間、ライアスは日に三度現れた。

午前中、午後、夜。その三度に渡ってソフィアは優しく話し掛けられ、手を変え品を変え理由を話すように懇願される。

時に、最初のようにライアスに体を開かれて蹂躙される事もあった。

快楽にむせび泣くソフィアは、泣きながらライアスに許しを乞う。

ライアスは医療魔術を使ってソフィアを暴く以外、ありとあらゆる手で彼女を懐柔しようとした。

だがソフィアは黙したまま、そしてアンナもいまだ高熱で伏しているまま、三日が過ぎて満月の夜がきてしまった――。

第五章　純潔の証明

「ソフィア!!　くそっ！　離せ！　ソフィア!!」

地上からライアスの声が聞こえる。

皎々《こうこう》と光る満月を頭上にして、ソフィアは塔の屋上に立っていた。

両脇には騎士がいて、処刑執行官もいる。

結局ソフィアは何の解決策も見いだせないまま、この夜を迎えてしまった。

処刑執行官は巻物を手にし、ソフィアの罪状を月の女神に向かって唱えあげている。

サリエールでは黒魔術に身を染めた者は、普通の犯罪者とは違い、執行猶予などもつかず、ただちに処刑される。

黒魔術の中にある精神に作用する魔術の中には、魔術が使われたその時限りではなく、病気の後遺症のようにあとあとまで影響するものがあると言われている。

加えてその者が尋常ではない精神状態で他者を扇動する事があれば、魔術の二次災害のようなものも想定される。

魔女の容疑を掛けられたソフィアは、彼女と話した者の心をおかしくさせる可能性もあるとして塔に隔離された。

　その根底にあるのは、いにしえからある〝分からないものは怖い〟という原始的な怯えだろう。

　人間はあくまで人間であり、黒魔術の根源となる悪魔や、悪魔がいるとされる魔界の事を何一つとして知らない。

　その未知ゆえの恐怖が、人々を「理解できない悪はすぐ処罰を」という思考にさせていた。

　同じ未知であっても、神や精霊、友好的な妖精については〝善いもの〟として無条件に信じているのに、おかしな話だ。

　思えば、法や秩序などがきちんと整備され、多くの歴史上の謎が解明されて文化も進んでいるというのに、黒魔術という一つの不確定要素に対してだけ、こうして処女神である月の女神に罪人の魂の汚れを雪ぐよう祈るなど、実に前時代的だ。

　やっている事は、神に生贄を捧げていた時代とさほど変わらない気がする。

（それでも、……私はこうなる事を自分で選択してしまったのだわ。どれだけ言い訳をしても、あれが生贄の血ではなくウクリアの尿だと打ち明けても、アンナが何者かから黒魔術の本を手に入れ、魔術を使おうと思った事実は変わらない。アンナが目覚めたとしても、今さら妹に庇ってもらおうとも思っていない）

　自身に重い荷物を課し、すべて背負い込もうとしてしまうのは、周囲から「理想の姿であれ」と言われ続けた長女ゆえの性格かもしれない。

ソフィア自身もそれに応え続けようとし、どこで自分の本音や素顔を見せたらいいのか分からなくなっていた。

（たった一人、ライアス様が本当の私を見つけてくださった。それで十分なのかもしれない）

もしかしたら、ソフィアが若い身空で処刑されようとしているのも、呪いのせいなのかもしれない。

だがソフィアは呪いを掛けた相手を知らない。どのような理由で呪いを掛けられたのか分からないまま、相手を恨む気持ちにもなれなかった。

「何か……言い残す事はありますかな？」

司祭が歩み寄り、ソフィアに向かって聖印を切ってから話し掛ける。

聖職者は最後に罪人の祈りを天に届ける役目がある。とはいえ、聖職者本人が黒魔術の穢《けが》れに染まらないよう、こうして話し掛ける前に聖印を切るのだ。

「……ありません」

目の前には塔から空中に突き出る処刑台。そして頭上には大きな満月。

どこか現実から乖離《かいり》した気持ちのまま、ソフィアはそう呟き――儚く笑った。

（今までの私は幸せだった。お父様とお母様は、呪いがあるとは言え、婚期の遅れている私を邪険に扱わず、思うままに歩ませてくださった。アンナとはすれ違いがあっても、最

後はあの子を助けてあげる事ができた。……それに、ライアス様と出会えた。あの方だけは、どんな私を見ても愛してくださった）

両手は戒めの石でできた枷《かせ》を嵌められ、ソフィアは微笑みながらも涙を流していた。両足にも魔術を使えないよう同じ枷があり、鎖が繋がっている。

（もう……いい。私は幸せだった。これ以上、何も要らない）

微笑んだまま、ソフィアは裸足の足で一歩処刑台に向かって踏み出す。

夏が終わろうとしているが、まだ気温は高めだ。夜の庭園から虫の声が聞こえ、夜行性の鳥たちの鳴き声も聞こえる。

塔から見えるのは、サリエール王城にある建物、庭園、そして城壁。その向こうに広がるのは貴族や民が住まう王都だ。

「……ありがとう」

とうとう先端まで歩いたソフィアは、ガクガクと震える足を叱咤《しった》し、月を仰いで懸命に笑ってみせた。

「お願いします。私は、可能な限り〝いい子〟に生きてきました。月の女神様なら、ご存知ですよね？　どうか、……どうか、生まれ変わったら、またライアス様のお側に置いてくださ い……っ」

涙で歪《ゆが》んだ声で祈ったあと、ソフィアは目を閉じた。

「……どうか、家族とライアス様が幸せになりますように」

最後に近しい者の幸せを願ったあと、ソフィアは意を決して処刑台を蹴った。

「――――っ」

遙か下、地上で見物人がどよめく声、女性の悲鳴が聞こえた。

一瞬の浮遊感のあと、ソフィアは重力に従って凄まじい勢いで地上目がけて落下していく。

あまりの風圧に息ができない。胃の腑《ふ》がせり上がるような気分の悪さに、半分意識を失いかけた時――。

「マグナ・レガリア‼」

朗々とした男の声がしたかと思うと、夜だというのに世界が眩《まばゆ》い光に包まれた。

――眩《まぶ》しい。

そう思った時には、ソフィアの体はドッ……と〝何か〟に支えられていた。

呼吸ができるようになり、空気を吸い込んだ時に鼻腔に入ったのは、愛しい人の匂いだ。

体は――、しっかりとした力強い手に支えられている。

――まさか……。

いまだガクガクと酷く震えながら目を開くと、視界に映ったのはクラヴァットを締めた男性の胸元だ。

昼間のように明るい中、光を浴びて燦然《さんぜん》と輝いている大粒のサファイアのクラヴァット留めは、何度も目にしている。

ぎこちなく顔を上げると、ライアスその人がソフィアを見つめていた。

「怪我はないか？」

「………………」

ライアスは驚いて固まっているままのソフィアの鼻を、苦笑しながら摘まんだ。

「夢じゃない。君は生きている。……最後の手段を使い、俺が助けた」

バサッという羽ばたき音がし、ハッとしてライアスのみに縫い止めていた意識を他に向け、ソフィアは目をまん丸にした。

「これ……は……」

地上でライアスが自分を受け止めてくれたと思ったのだが、そうではなかった。

いまだソフィアは空にいて、白銀の体毛と翼を持つ獅子の背で、ライアスに横抱きをされていたのだ。

その時、大陸会議の時にアンナが言っていた言葉を思い出す。

ラガクードの皇帝が呼び出す神獣は、獅子が翼を持った姿をしている……と。

「な……。何ですか……⁉　これは……っ」

神獣は城の近くを旋回していて、耳元にビュオオオ……と風切り音が聞こえる。

だが息が詰まったり寒く感じたりしないのは、恐らくライアスの魔術か、この獣の魔力のお陰だろうか？

「ラガクード帝国の皇帝のみが使える、王権《レガリア》の力。神獣を呼び出した」

「神……獣……」

自分が〝これ〟と言ってしまった生き物が大層な存在で、ソフィアは怯えたようにライアスに抱きついた。

「これで君の容疑は晴れた」

微笑むライアスは、今まで塔に通ってきた時の苦悩した表情が嘘のようだ。

「どういう……事です？」

まだ訳が分からず混乱しているソフィアの額に、ライアスは優しく唇を押しつけた。

そしてソフィアの手元に手をかざすと、何かの魔術印を結び、あっという間に戒めの石の枷を壊してしまった。同様に、足枷も外される。

「神獣は清らかな者にしか触れられない。もし悪しき者が神獣に触れた場合、その身を黒い炎に焼かれる。ほんの少しの穢れなら、神獣に触れただけですべて浄化されるだろう」

「あ……」

ソフィアの父も王権の力を有しているが、国家や神に対し潔白な身でなければ行使する事ができない。

エリオットが持つ王権の場合、恵みの雨を降らせる能力なので、雨そのものに聖なる力が宿るという事はないのだが……。

各国の王はそれぞれ王権の力を持ち、中にはライアスが言ったように、清らかな者でなければ触れられない生物を召喚する力もある。

王権を発動して得られるこの世ならざる力は、神聖なものという前提があるのだ。神獣の背に乗る事ができている事はすなわち、ソフィアが黒魔術にも侵されず、心身ともに清らかであるという証明になる。

ホ……と思わず安堵の息をついてしまったのは、本音だろうか。

「これによって、君の無実は証明された。地上に下りるが、あとは俺に任せてほしい」

逞しいライアスの胸板にグッと抱き込まれ、ソフィアは自分が助かったのだと遅れて実感し始める。

「ですが……、なぜ、今？」

神獣を呼び出して清らかさの証明をするなら、処刑になる今のタイミングでなくても可能だったかもしれない。

「すまない。今まで何度も呼び出そうとしたが、神獣は応じてくれなかった。本当に俺が切羽詰まって、君が処刑となる姿を目の当たりにした今になって、やっと姿を現してくれたんだ。今までは『まだ猶予はあるから、もしかしたら……』という希望があったからかもしれない。王権の力を使うのは、君主として絶対的な危機に陥った時でなければいけない、と古からの神との盟約がある」

「そう……ですか」

「万が一、神獣が現れてくれなかった時は、俺自身の魔術で君を助け、それから何が何でも君の潔白を証明するつもりだった」

何があってもライアスは自分を助けてくれるつもりだったと知り、ソフィアは簡単に諦めて自ら命を投げだそうとした自分を恥じた。

「…………っ、すみま、……せんっ」

ライアスへの感謝と申し訳なさ、処刑の恐怖と助かった安堵で、遅れて涙が零れてきた。

「まだもう少し旋回させておく。思う存分泣くといい。怖かっただろう、よく耐えた」

ライアスはソフィアを労り、枷の嵌まっていた彼女の両手首を優しくさすってきた。

「わ……っ、たし……っ」

妹のため、自分さえ黙っていればすべて収まると思い、死への恐怖も何もかも全ての感情を凍り付かせていた。

望む理想のためなら、自分はどうなってもいいと思っていた。

そんな夢想すらし、ソフィアは「生きたい」という本能すら無視して、処刑台から身を躍らせた。

だが今、生きながらえたソフィアが感じた事は、「良かった」という安堵のみだ。

またライアスの声を聞け、彼に触れられる。

意地を張り続けた挙げ句、自ら処刑台から飛んだ女を、彼がまた愛してくれる保証はない。

これっきりだとしても、ソフィアはもう一度ライアスに会えて心から喜びを感じていた。

「……っ、う、――ぅ、……っ」

「怖い思いをさせてすまない。もう二度と君にこんな決断はさせない」

ギュッとソフィアを抱き締め、ライアスは低くかすれた声で呟く。

潤んだ目で彼を見上げると、ライアスこそ泣きそうに目元を赤くしていた。

「……間に合わないかと思った。もうあんな思いをするのはこりごりだ」

「すみません……っ」

「これから、すべてに片を付ける。だから君は俺に従う事。いいな？」

「……はいっ」

それからしばらく、ソフィアはライアスの胸に縋って気持ちが落ち着くまで涙を流した。


やがて神獣が音もなく地上に降り立ち、その優美な翼を畳むと、ソフィアの処刑を地上で見守っていた者たちは畏怖を込めてライアスに頭《こうべ》を垂れた。

「……言うまでもないが、私は王権の力を行使した。王権により呼び出された帝国の神獣は、身も心も清らかな者でなければ、触る事ができない。これによりソフィア殿下への疑いは晴らされた。……これでいいな？」

後ろに神獣を従えたまま、ライアスはソフィアの肩を抱いて見物をしていた人々に語りかける。

「……では、あの黒魔術を使った現場はどういう……」

娘が助かって安堵したエリオットは、新たな問題を抱えて今にも倒れそうだ。

「それについて、陛下と妃陛下、そしてソフィア殿下とアンナ殿下だけでお話をしたい」

「ですがアンナはまだ高熱を出していて……」

アンナが目覚めないため、今もソフィアが黒魔術を使って妹姫を倒れさせた事になっている。

王妃クレアが困惑しきった顔で言うのも、無理はない。

「ここ三日、私はアンナ殿下の所に通い詰めて医療魔術を使い、体内に蓄積された魔力を解放しました。アンナ殿下は今日の夕方頃に平熱になり、今は気持ちの整理をして頂いています。きっとこれからの話し合いに応じてくれるでしょう」

ライアスは有無を言わせない声音、視線で言い、貴族たち、騎士たちを睥睨《へいげい》する。

それに対し、彼らはもう何も言わなかった。

＊＊

ソフィアはまず、身なりを整える事になった。

主の帰還に侍女たちは泣いた。

ソフィアも自分のために尽力してくれた侍女たちを、一人ずつねぎらって抱き締めた。

侍女たちは泣きながらもソフィアを風呂で磨き上げ、ドレスを着付けて髪を結い上げる。

「本当にご無事で良かったです……！」

「飛竜で帝都まで行って、そのまま陛下と引き返してくれたの？　大変な道のりだったでしょうに」

侍女をねぎらうと、まだ涙目の彼女たちは「とんでもない」と首を横に振る。

「私たちは普段から姫様のお側にいて、姫様がどのような方か存じ上げているつもりです。姫様が黒魔術になど手を染めるはずはないと、私たち全員、最初から分かっていました」

「何者かの陰謀だとしても、悔しいですが私たちには何も分かりません。ですから、国内の圧力が掛からず、絶対的な権力を持つ方――ライアス皇帝陛下にすべてをお任せしたのです」

そこでソフィアの両親であるエリオットとクレアを頼らない……というのは、さすが強かな侍女、というべきだろう。

彼女たちはサリエール国王がどのような人物であるかを知っているからこそ、今回は自分たちの望みを叶える人ではない、と判断したのだ。

「でもあなた達、ライアス様を嫌っていたのではなくて？」

ライアスに言われた集合時刻までは余裕があり、ソフィアは久しぶりに侍女が淹《い》れてくれた美味しいお茶を飲む。

輝くばかりの美しさを取り戻したソフィアを囲み、侍女たちも幸せそうな顔をしていた。

「確かに……求婚されて姫様ともども帝国まで行って、その後長らく放置された事については怒っていますが……」

「ですがそのあと、姫様はとても楽しそうに過ごされていましたもの。姫様が本当にライアス皇帝陛下をお慕いしていると、私たちにも分かりました。ですから、信用しようと思ったのです」

「それにあの方、姫様には見えない所で、帝国で私たちにも良くしてくださったのです」

「……というと？」

不思議そうな顔をしたソフィアに、侍女たちは嬉しそうに笑ってみせた。

「故郷が恋しいだろうと、家族への手紙を一番速い飛竜で届けてくださったり、私たちが見知らぬ土地で寂しい思いをしないように、帝国の宮殿の侍女たちに命じて、あちらの作法なども教えてくださったりしたのですよ」

「そうだったのね」

見えない場所で配慮するやり方は、実にライアスらしい……と思ってソフィアは微笑む。

そのあともしばらく侍女たちと気兼ねなく話し、ようやく処刑の緊張や不安、混乱から落ち着いた頃になって、集合場所である談話室に向かった。

「アンナ……！　もう大丈夫なの？」

談話室に入ると、以前と変わりない姿のアンナが座っていて、ソフィアは思わず駆け寄った。

「お姉様……っ、ごめんなさい！」

ソフィアの姿を見てすぐに立ち上がったアンナも、姉に駆け寄りヒシッと抱きつく。

その他、談話室にいるのは両親のエリオットとクレア、そしてライアスのみだ。

護衛も侍従も、誰一人としていない。

時刻はもう夜も更け、いつもなら城全体が眠りに就こうとしている頃だ。

姉妹の感動の再会が終わり、全員がソファに座った。

「まず、私から言える事を説明します」

と、まずはライアスが口火を切った。

「昏睡《こんすい》していたアンナ殿下の体内では、急激に早められた代謝が渦を巻き、それが高熱を引き起こしていました。少し他人の魔力に敏感な者なら、それが分かるでしょう。しかし魔術が原因である熱を下げるには、医療魔術士の治療が必要でした。……生憎、医療魔術を使える侍医は不在との事ですが」

ライアスが言葉を切って、前もって用意されていたお茶に口を付ける。

「ソフィア殿下の侍女から事の成り行きを聞き、ソフィア殿下に話を聞こうとしましたが、口を噤んだまま何をしても話してくれませんでした。状況からアンナ殿下もこの一件に深く関わっているのだろうと思いましたが、『高熱を出して寝込んでいる』の一点張りで最初は通してもらえませんでした。最終的に医療魔術士の証を見せて初めて、眠っているアンナ殿下の状況を知る事ができました」

アンナは視線を落とし、若干強張った顔で座っている。

だが背筋を伸ばして堂々としている態度から、妹はもうすべてを打ち明ける覚悟を持っているのだと、ソフィアは察した。

「医療魔術を使うにしても、患者の体内で渦巻いている魔力の大きさで、すぐにできる事、できない事があります。私は三日をかけて、アンナ殿下の体内に渦巻いた魔力を少しずつ放出していきました。アンナ殿下の体内から出た魔力は、ソフィア殿下の癒やしの魔術です。間違いなく白魔術の代表と言えるものですが、それも膨大な力となれば負の魔力となり、人を蝕む。……それは理解して頂けますね？」

静かに問われ、エリオットとクレアは頷く。

「……ですが、なぜソフィアがアンナに癒やしの魔術を使う事に……」

エリオットの言葉を聞き、アンナは震える声で語り始めた。

「……私が、……悪いの」

涙で声を詰まらせ、嗚咽しながらも、アンナは事の顚末《てんまつ》を語る。

ソフィアは膝の上で拳を握り、あまりのやるせなさに唇を引き結ぶ。

両親はアンナが黒魔術の本に触れ、それを行使したという事実を聞き、鈍器で頭を殴られたかのようなショックを受けていた。

その理由がアンナの生まれ持っての体型であり、誰に言われるでもなく、アンナ自身がソフィアに強い劣等感を抱いていた事……と聞き、両親としても頭を抱えるしかない。

「ごめんなさい……っ。本当にごめんなさい……っ。こんな事になると思っていなかったの……っ」

あらいざらい話してしまってから、アンナはボロボロと涙を流し、ハンカチで洟を拭う。

「……どうして言わなかったんだ、ソフィア。私たちはお前を勘違いして……」

眉間に深い皺を刻んだエリオットに言われ、ソフィアは首を左右に振るしかできない。

「この子がここまで追い詰められたのは、私が原因です。意図的に何かしたのではないとは言え、アンナに黒魔術に頼りたくなるほど苦しい思いをさせてしまいました。アンナがすべてを話せば、今度はこの子に追究の矛先が向かうでしょう。それならば……と思いました」

どう転んでも、娘のどちらかを失いかねなかったと分かり、両親は懊悩《おうのう》する。

「そこで私からの提案ですが」

どんよりとした空気のなか、ライアスが口を挟む。

「アンナ殿下がウクリアの尿を使って黒魔術を行使した事について、ここにラガクード皇帝の名において、箝口令《かんこう》を敷きます」

ライアスが告げた瞬間、彼の胸の前に光る帝国の国章が現れ、〝皇帝としての命令〟だと告げる。

この大陸には大小様々な国があり、その君主の持つ王権の力や魔力の量などにより、明確な上下関係ができていた。

大陸の頂点に立つのはラガクード皇帝・ライアスであり、エリオットはサリエール国王とはいえ、下に位置づけられるため、こうして命令されれば言う事を聞かなければいけない。

ライアスが自己中心的な皇帝であれば、もっと早い段階でこの力を使い、強引にソフィアを無実にして助け出す事ができたかもしれない。

だがライアスは納得できない者が不満を抱え続けないために、機会を待ち、最終的に神獣によってソフィアの潔白を示す事を選んだ。

「……承知致しました」

胸に手を当てて恭しく頭を下げたエリオットに対し、ライアスは帝国の国章を消し、言葉を続ける。

「話はまったく変わりますが、ソフィア殿下に呪いが掛けられているとご存知ですか？」

「えっ⁉」

そこでいきなりソフィアの話になり、エリオットとクレアは初耳だと驚愕する。

「詳細は伏せますが、ソフィア殿下には呪いが掛かっています。命に関わったり、病に倒れたりする呪いではないので、ご安心ください。私は魔術医師として彼女の体を〝診〟させてもらった事があります。彼女の胸元にある痣は、どうやらサリエール王家の過去に繋がっているようです。この痣自体は悪いものではありませんが、呪いと何らかの関係があるのは間違いないでしょう。痣は生まれた時からあるとソフィア殿下から聞いています」

「はい。ソフィアに痣があるのは知っています。ですが呪いとは……？」

困惑した顔のエリオットに、ライアスは自分の推測を述べる。

「ソフィア殿下を〝診〟た時、彼女の体に根深い呪いが刻まれているのを見つけました。その呪いが掛けられた時間を遡ると、彼女が生まれた時にはもう呪いが発動していたようです。胸の痣は呪いが具現化した物ではありませんが、痣にも呪いが絡まっています。どうやらサリエール王家に関わる存在に、何者かが恨みを持ち、それがソフィア殿下に呪いという形で表れた……と考えていいと思います」

「そんな……」

健康な女児を二人産んだと思っていたクレアは、真っ青な顔になっている。

「ソフィア殿下に掛かった呪い、アンナ殿下が突然黒魔術の本を手にし、都合良く彼女の劣等感を刺激する魔術のレシピを見たという出来事。偶然と呼ぶには不自然です。どちらにも同じような悪意を感じる。どう考えても、裏で繋がっているようにしか思えません」

ライアスがきっぱりと断言すると、サリエール王家の四人は「言われてみれば……」という顔をしている。

「アンナ殿下。もう一度、黒魔術の本を渡してきたという女について、話してくれませんか？」

ライアスに言われ、アンナはこの絶体絶命の状況から抜け出せる希望を見つけた顔で、口を開く。

「その女性は、エルザベル・バクナードと名乗りました。帝国のバクナード侯爵の令嬢で、各国の珍しい物を収集するのが趣味だと言っていました。お姉様が帝都に行ったあと、サリエールで各国の姫君や貴族の令嬢を招待しての、恒例のお茶会があったのです。その時に席を立った私に、エルザベルと名乗る女性が声を掛けてきて、『誰にも言えない悩みがありませんか？』と言って、半ば私に押しつけるようにしてあの本を渡したのです」

「……バクナードという名の侯爵はいるが、そのような名前の娘はいないはずだ」

アンナの言葉を聞き、ライアスは目を眇める。

ソフィアはアンナが怪しい女から本を受け取った経緯を聞き、自分もこのように原因となる出来事をもっときちんと聞くべきだったと後悔していた。

あの時はアンナの変わり果てた姿に驚き、妹を治してあげたいという気持ちで一杯だった。そして衝動のままに行動してしまい、このような結果になってしまった。

だが考えてみれば、あの本が原因だというのなら、誰がアンナを陥れようとしたのか、冷静に話を聞いておけば良かったと今になって思ったのだ。

「黒っぽいその本を直感で不吉に思い、返そうと思ったのです。ですが顔を上げた時には、もうエルザベルという女性はいませんでした。それでますます怖くなり、私は急いで本を自室に隠しました。それからあとも、怖くて本を開かないようにしていたのです。でも……どうしても、本から誘惑するような雰囲気を感じ、気が付けば本を開いてしまっていました」

話題はアンナの黒魔術行使の件をどうしようかという議論より、もともとの原因を究明し、解決しようという流れになっていた。

そういう流れになったのも、ひとえにライアスのお陰だ。

（ありがとう。ライアス様）

ソフィアは深く感謝し、あとで彼に改めて伝えようと思っていた。

「エリオット陛下と妃殿下にお聞きしたいのですが、サリエールの歴史の中で、魔女や魔法使いと関わった王族はいましたか？」

「そう……ですね……。サリエールは歴史だけは古く、代々王女を強国に嫁がせて歴史を繋いできた小国です。その過程で、各国のお抱え魔法使い、あるいは魔女と関わった可能性もあります」

「もっと言うなら、彼らの恨みを買うような人物はいましたか？」

言われてさらにエリオットは考え込み――、ハッと顔を上げた。

「もう遙か昔の話ですが、帝国の土台となる国が作られた時代、その皇妃となった女性が、遡ればサリエールの家系の生まれでした。帝国の始祖となる皇帝と、それは仲睦まじい夫婦だった……と伝えられていますが、帝国の始祖は皇妃を巡り魔女と戦ったとも言い伝えられています」

「私も恐らくその姫君だと思っていました」

ライアスは頷き、腕を組んで部屋の奥のほうを見て、何か考えている。

「……あの、それが何か？」

クレアに問われ、ライアスは「失礼」と口を開く。

「ソフィア殿下の呪いが分かったあと、サリエールの歴史はもとより近隣諸国や帝国の歴史も紐解きました。ソフィア殿下に呪いを掛けられた理由は、まず帝国側にあると最初は思い込んでいたからです。如何せん帝国は大国であるがゆえに恨みを買いやすく、歴史の中で何人もの魔女・魔法使いと敵対していました。それゆえ、私に求婚され応えようとしてくれているソフィア殿下に、何者かが呪いを……と思っていましたが……」

そこで一旦言葉を句切り、ライアスは息をつく。

「帝国の始祖の妃が現在のサリエール王国の母体となった小国の姫という事は分かっていました。だがその姫が魔女との争いに巻き込まれたと言うなら……」

そこまで言い、ライアスは目の前の空間をじっと見つめながら思考に没頭する。

やがて、ニヤリと不敵に笑った。

「思い当たる魔女がいます。恐らくそのエルザベルという女も、魔女が変身した姿でしょう」

「エルザベルという女性が魔女……？」

ソフィアに問いかけに、ライアスは頷く。

「世界ではいま、黒魔術を使う事はもちろん、それに関する書物を読む事や所有する事も禁じられています。侯爵令嬢という身分でも簡単に手に入れられるものではありません。アンナ殿下に黒魔術の本を渡した女は、初代皇帝を巡り、サリエールに強い恨みを持つ魔女と考えて間違いない」

彼の考えを聞き、ソフィアは顎に手をやり考える。

「……ですがどうしてそこまでサリエール王家に恨みを……。初代皇帝の妃となった女性から、私たちの代に至るまでそんな深い憎しみが……？」

幾ら魔女が長生きすると言え、何百年、下手をすると千年以上に渡る負の感情とは如何ほどのものだろう？　と思う。

「初代皇帝に絡んできた魔女の名は、ヴィオラ。帝都に戻って魔女ヴィオラの事を資料庫で調べなければいけない。……陛下、私は明日にはソフィアと共に帝都へ発ちたいと思っています」

そう言ってライアスは、隣に座っているソフィアの手を握った。

「明日、サリエールの臣下には私から説明をさせて頂きます。先ほど宣言した通り、黙って頂ければ万事上手くいきます。……すべて私に任せてくださいますね？」

有無を言わせないライアスの口調に、エリオットもクレアも、もう何も言えず頷いた。

「……すべて皇帝陛下にお任せ致します」

頭《こうべ》を垂れたサリエール王家一同の姿を見て、ライアスは重々しく頷いた。

「お姉様、本当にごめんなさい。私、お姉様が大変な事になっている事も知らずに、寝こんでいて……」

話し合いが終わったあと、アンナがソフィアに抱きついてきた。

「いいのよ。あなたも私も助かって良かった。お礼を言うなら皇帝陛下に言って」

ソフィアに言われ、アンナは改めてライアスに深く頭を下げる。

「皇帝陛下、このたびは私とお姉様をお救い頂き、心より感謝致します」

「問題ない。ただ、アンナ殿下に一つ言うならば、あなたはありのままの自分を誇りに思い、他者と自分を比べない事だ」

「……はい」

ライアスに言われ、アンナは彼の言葉を心に深く刻みつけるような表情で頷いた。

「アンナ殿下はソフィアを『羨ましい』と思っていたようだが、ソフィアは自分の事を『すべてに恵まれている』など思っていない。美しかろうが、胸が豊かだろうが、周囲から〝聖女〟〝聖母〟と呼ばれようが、どれもソフィアの望んだ事ではない。勝手な偶像を押しつけられてソフィアも苦しんでいた」

「はい……」

アンナはソフィアにも悩みがあると分かっていたはずなのに、深く考えていなかった自分を恥じているようだった。

　そんな妹に向かって、ソフィアは苦笑してみせた。

「ライアス様の仰る通りよ。私は待望の第一子で、周囲から〝理想の王女〟として期待を受けてきたわ。私自身も、『周りが言うようにしていれば、皆喜んでくれる』と思って、その通りに振る舞っていた。……けれど本当の私は、〝聖女〟ではない普通の女だわ。胸が大きいと言っても、食事の時に胸元を汚しがちだったり、階段を下りている時に足元が確認できなくて踏み外してしまったり……。あなたが思っているよりずっと不便なのよ」

「……」

　アンナは自分の事しか考えていなかったと、唇を噛む。

「私を魅力的だと言ってくださる方も、私の外見だけしか見ていなかったり、未婚の私に向かって母性を求めたり、誰一人として本当の私を求めてくださらなかった。そんな中、ライアス様だけは本当の私を見つけて、愛してくださったわ」

　ソフィアはライアスを見て、嬉しそうに微笑む。

「私はライアス様の愛と、家族の愛、そしてごく身近な侍女たちからの信頼があれば十分幸せなの。アンナも自分が誰から求められたいのか、よく考えるといいわ。あなたの外見や、第二王女という立場　など気にしない、本当のあなたを求めてくれる方が絶対にいるはず。だってあなたは、私の自慢の妹だもの」

「……っう……っ」

あれだけの事をしても、なおも大きな愛情で包んでくれるソフィアの言葉に、アンナは泣き崩れた。

「アンナ。どうか幸せになって。まず、あなたがあなた自身を愛してあげるの。生まれ持ったものとは一生付き合っていくと考えて、自分を偽らず、そのままの自分を愛し、愛してくれる人を大切にするの」

「……っ、はい……っ」

アンナにとって理想を具現化したと思っていた姉は、人間らしい悩みを持ち、周囲の賛辞など特に嬉しがっていなかった。

それを再確認し、これから自分がどう生きていくか決めたのだろう。アンナの流す涙は今までのものとは違って見えた。

それを見てソフィアはこれからアンナが、良い方向に変わってくれると予感した。

ライアスは、姉妹のやり取りを静観していたエリオットとクレアに話し掛ける。

「エリオット陛下には、皇帝として、一君主として忠告申し上げたい」

「な……何でしょう?」

「君主たるもの、常に悩みがつきまといます。君主が大切にすべきは、国を存続させる事、民を守る事。そのために臣下を大切にし、より良い政治を行っていく事。すべて、一人で考えて成し遂げるには、あまりに難しく手が足りません」

サリエールよりさらに巨大な帝国の皇帝に言われ、エリオットは頷く。

「臣下や民の声が、恐怖など負の感情により偏った考えに傾いた場合、それを民意だと受け取って従ってしまいたくなるでしょう。臣下の声を無視し、民の意に沿わない政治を行った場合、暴君と言われる場合もあります。ですが今回のような場合、あなたは個人としてもっと考えるべきでした。真に救いたい者がいるのなら、徹底的に状況を解析し、関わった者の声を聞き、これ以上調べる事などできないというまで調査すべきでした」

「……仰る通りです」

項垂れるエリオットの胸にあるのは、後悔ばかりだ。

もちろんソフィアを救いたいと思った。だが周囲にいる者全員がソフィアの事を「黒魔術に手を染めた魔女」と言い、自分も「その通りなのでは？」と疑ってしまった。

城中から聞こえる声は、「魔女がこれ以上呪いを広める前に、処刑すべき」「王女は聖女の皮を被った魔女だった」「ソフィア王女はずっと城の者を欺いていた」というものばかり。

誰一人として、ソフィアを擁護する者はいなかった。

ソフィアのために動いた侍女たちはいたが、城に出入りする何百人もの人間に対し、ほんの数人が声を上げたとしても、逆に「魔女に洗脳された者」として弾圧されるだろう。

エリオット自身も、自分が「魔女の父」として王位を追われるのを恐れてしまった。

生まれた時からずっと見守ってきた娘が、まさか……と思うものの、エリオットはソフィアを信じる気持ちを、妻以外の誰にも打ち明けられなかった。

一方的な裁判の場でも、処刑についての会議でも、エリオットは臣下たちを恐れて何も発言できないでいた。

「……私は……。自分が恥ずかしい……」

「私は、君主の手は自国の民を救済するためにあると考えています。その民の中には手足となる臣下や、日々支えてくれる家族も含まれています。まず側にいる家族を愛し助けてから、臣下や民、国を守れる王と言えるのではないでしょうか」

ライアスの言葉を聞き、エリオットとクレアはハッとした顔をし、――すぐに痛みを堪えるような表情になり俯いた。

「誰にでも良い顔をしようとするのは、やめたほうが宜しい。政治や決定事に、優しさや見栄は不要です。信頼のおける臣下と話し合い、こうと決めた事があるのなら、反対する者がいてもやり抜くのです。結果を見せれば、文句を言っていた者も黙るでしょう」

「はい……」

「また、どこにだって、自分の気に食わない事には必ず文句を言う者がいます。他者の足を引っ張ろうとする者がいます。そのようなゴミ屑《くず》の存在は、一切気にする必要はありません。陛下は、ご自身の忠臣の心のみ大切になさい。何をしても陛下に文句を言う輩の言う事は聞かずとも宜しい」

自分の子供ほどの年齢の皇帝から教えを受け、エリオットは今回の、娘を処刑しかけた失敗から必死に学ぼうとしていた。

「私もこんな偉そうな事が言える立場ではないのですが」

と、それまで厳しい顔をしていたライアスが、ふっと表情を緩める。

「……私は今まで忠臣の言葉にすら耳を貸さず、他者を信じずに恐怖政治と言われてもおかしくないやり方を貫いてきました。私は決して理想の君主ではなかった。そんな私を変えてくれたのは、ソフィアです」

ライアスはソフィアの手をまた握り、優しく微笑みかける。

「人は変わろうと思えば、変わる事ができます。どれだけ心が頑なになっていても、きっかけさえあれば、変わる事ができると私は信じています。アンナ殿下も、陛下も、きっと良い方向に変われると信じています」

ライアスの言葉を聞き、全員涙ぐんだまましっかりと頷いた。

「お恥ずかしい話を解決して頂き、娘の命も救えました。皇帝陛下には心から感謝申し上げます。初めはソフィアが帝国に行って幸せになれるのか不安でしたが、皇帝陛下の事を何も知らず判断していました。今はソフィアが選んだ相手が陛下で、心から幸せを感じています。また今回の事件につきましても、黒魔術を恐れるあまり、ソフィアをよく調べもせず、簡単に処刑しようとしてしまった流れを深く悔いています。皇帝陛下のお言葉を胸に刻み、今の年齢からでも変われると信じ、より良い王になっていきたいと思います」

そう言ってエリオットとクレアは深く頭を下げ、アンナも同様にした。

ソフィアはライアスを見て微笑み、家族が自分たちの事を祝福してくれた事を喜んだ。

「つきまして、この流れでこう申し出るのは非常に狡《ずる》いと自覚していますが、エリオット陛下。もう一度お尋ねします。私とソフィアの仲を認めてくださいませんか？」

ライアスが突如としてソフィアとの結婚の話に話題を変え、全員ハッとなる。

そもそも、ライアスがソフィアに求婚したのを、エリオットが五年もの間ソフィアに伝えなかった事から話が始まった。

大陸会議で初めてソフィアはライアスの気持ちを知り、彼がどのような人か知るために帝国に向かった。

帝都で過ごすのは半年とエリオットに言われてから、突如として今回の事件に至った。

だがライアスとしても、ここまでソフィアに深く関わったのなら、家族全員が集まったこの場で今後の事をハッキリさせたいと思ったのかもしれない。

エリオットは真剣に自分を見つめるライアスを見て、フッと柔らかく微笑む。

「ソフィアさえ望むのなら、喜んで皇帝陛下との婚約、結婚を応援したいと思います。噂でしか存じ上げなかった皇帝陛下が、ここまで懐が広い方で、娘を一途に愛してくださっていると、私は今まで知ろうともしませんでした。今はこのように立派な方だと知り、むしろこちから頭を下げて、ソフィアをお任せしたい気持ちで一杯です」

そう言ってエリオットは深く頭を下げ、クレアやアンナもそれに倣う。

家族全員が結婚を認めてくれたのを目にして、ソフィアは思わず破顔する。

「ソフィア。改めて訊く。今回の問題を解決したあと、結婚に向けて話を進めてもいいだろうか？　俺と結婚してほしい」

家族がいる前で求婚され、恥ずかしさのあまり顔が真っ赤になる。

だが自分の気持ちも理解し、家族も認めてくれるのなら、もう断る理由もなかった。

「喜んで……！」

微笑んだソフィアの手をライアスが取り、その手の甲にキスをした。

エリオットとクレア、そしてアンナは穏やかに笑い、将来を誓い合った二人を見守るのだった。


談話室での会合が終わってエリオットたちと別れたあと、ライアスは「ソフィアが心配だから」という理由で、同じ寝室で寝ると言い出した。

「……長い夜でした」

「……再び君とこうして触れ合えて良かった」

ソフィアのベッドに、ライアスが一緒に寝ている。

不思議な心地になりながら、ソフィアは大好きな人の匂いを胸一杯に吸い込んだ。

「まだ夢のようです。……本当に助かるなんて」

「君にはまだまだ言いたい事があるし、お仕置きもしなければいけない」

お仕置きの声音が艶めいていて、ソフィアはジワリと頰を染める。

「今回の件は蓋を開けてみれば、実に単純だった。なぜ俺を頼らなかった？　そんなに頼りないか？」

起き上がったライアスはソフィアの腰を跨ぎ、スルリと頬を撫でてくる。

「そ、そんな事はありません……っ。私はただ、アンナの行く末が心配で……」

「気持ちは分かる。……だが、頼られないのは寂しいだろう」

ソフィアの体の両側に手をついたライアスは、ソフィアの額に額をつけて呟いてから、唇を重ねてきた。

ふわっと柔らかな唇が与えられたかと思うと、すぐに離れてゆく。

ライアスはソフィアを物言いたげに見つめたまま、ネグリジェのボタンを外した。

「……ライアス様……。ここはサリエール城で……」

ソフィアは声を潜め、彼を咎《とが》める。

まだ婚約前だというのに、ふしだらな関係になっていると噂されれば、せっかく処刑を免れても立つ瀬がなくなる。

「ぬかりない。塔で俺が何をしたか、覚えているだろう？」

そう言われて塔での嬌態を思い出し、ソフィアはカァッと赤面した。

「で……ですが……っ」

動揺するソフィアに向かって、ライアスは唇の前に指を立てて「しぃ」と静かにするよう促すと、両手を胸の前にかざして印を組み、魔法陣を錬成した。

薄暗い寝室を青白い光が包んだかと思うと、あっという間に結界が張られる。

「こ……れは……」

驚くソフィアに向かって、ライアスはニヤリと笑ってみせた。

「例によって、音を遮断する結界だ。これで君がどれだけあられもない声を出しても大丈夫だな?」

「な……っ」

赤面したソフィアの乳房を、ライアスははだけたネグリジェ越しに揉んできた。

「ん……っ」

もうすでにソフィアの体はライアスの手の感触を覚えていて、硬く大きな掌に押さえつけられただけで、乳房にジン……と熱が籠もる。

「ん? ……触れられただけで、もうここが硬くなっているぞ?」

意地悪に笑うライアスは、布越しにソフィアの乳首をスリスリと撫でてくる。

彼が言うとおり、すでに芯を持っていたそこは、新たな刺激を受けてあっという間に勃起してしまった。

「い……っ、意地悪……っ」

「これからするのはお仕置きだ。意地悪な事を言うし、する。覚悟するんだな?」

そう言って夜着をゆっくりとはだけるライアスは、匂い立つ妖艶さを醸しだし、ソフィアは思わず口腔に溜まった唾液を嚥下する。

一般的に「色っぽい」という言葉は女性のためにあると思っていたが、ライアスと出会ってから「女性だけではない」と確信していた。

すべての頂点に立つ王者の凜々しさがあるというのに、その支配者の目がソフィアだけを見ていると思うと、自分が特別な何かになれた心地になる。

艶やかな黒髪も、サファイアのような青い瞳も、しなやかな筋肉に包まれた均整の取れた肉体も、すべてが美しい。神が美を集結させて地上に現した生き物のようだ。

そんな稀有な存在が、ソフィアだけを見て愛を囁き、美しい手や指、果ては舌までも使って全身を愛撫してくれるのだ。

これ以上の幸せはあるだろうか、と思っても仕方がない。

「……や、優しく……して、ください……」

塔の上の三日間で、ソフィアは快楽というものを知ってしまった。

期待と不安の籠もった目で懇願されたライアスは、鷹揚に微笑んでソフィアの手の甲にキスをした。

「君を苦しめたり、痛がらせたりする事はしないとも。ただ、とてつもなく気持ちいい思いはするかもしれないが」

手に唇を付けたまま宣言したライアスの舌が、レロリとソフィアの皮膚を這う。

それだけでソフィアは快楽の予感を知り、下腹をはしたなく疼かせた。

「あの……っ。あ、あの術は……使ってくださるのですよね？　……ライアス様に応えてしまったとは言え、結婚するまではきちんとしたくて……」

避妊と処女膜を守る医療魔術の話をすると、ライアスは「ああ」と頷いてくれた。

「もちろん、君の純潔は守る。ただ、先に気持ちよさに慣れてしまうと、結婚したあとの初夜で痛い思いをするかもしれないな……」

ふむ、と考えるライアスに、ソフィアはゆるりと首を横に振る。

「それは、初めてをライアス様に捧げられる、喜びの痛みですから……」

「っかわ………、ン、んンッ」

ライアスは何か口走り、誤魔化すように咳《せき》払いをした。

キョトンとしているソフィアの手にまた口づけ、ライアスは愛しげな目で見つめる。

「塔の上で不自由をしていなかったか？　あのベッドでは体を痛めただろう。食事はきちんと取っていたのか？」

「大丈夫です。身柄を拘束されてから処刑の日まで、一週間ほどの出来事でした。短期間ですから、それほど体に影響はありません」

「ソフィアの命はもちろん、この魅力的な体に影響がなくて良かった……。もしこれから不調を感じれば、我慢せずに教えてくれ」

そう言ってライアスはソフィアの胸の谷間に顔を埋め、左右からたっぷりとした乳房を寄せて自分の顔を包む。

しばらくそこでスゥッ……ハァ……と匂いを堪能され、彼女はジワジワと赤面する。

「……あ、あまり匂いを嗅がないでください」

「君の魔素は花の蜜に似た甘い匂いがする。他の者は君が魔術を使った時しか、魔素の匂いが分からないだろうが、俺は魔力の匂いに敏感だから、君からいつも甘い香りを感じているんだ」

うっとりした顔でそう言ったあと、ライアスは瞳に悪戯っぽい光を宿し、チロリとソフィアの乳首を舐めてきた。

「あっ……！　い、いきなり……っ、ん、んぅっ」

瞬間、ズグンと下腹部に疼きが走り、乳房全体にも熱が宿る。乳首の感度が何倍にも上がり、まるで胸に陰核が二つついたかのようだ。

ぴゅくっ……と胸の先端から母乳が溢れ出て、ライアスはすぐに口唇で包み、ちゅうっと吸っては唾液と交えて嚥下する。

「美味い」

そう呟いて唇を舐める姿が色っぽく、ソフィアは思わず彼に見とれた。

ネグリジェをたくし上げられドロワーズを下ろされた上に、両手で脚を広げられても、ソフィアは美しい獣に見入ったまま抵抗しなかった。

「君の肌は真っ白だな。すべすべしていて、ずっと触っていたくなる魔力がある。それにいい匂いがするし……」

乳頭から乳房のまるみに沿って流れる母乳をレロォ……と舐め、胸を揉んでは新たな母乳を噴き出させ、また舐める。

そしてソフィアの魔素の籠もった母乳を口にして、ライアスも下腹部を痛いほど張り詰めさせていた。

ライアスはおもむろにトラウザーズを脱ぎ捨て、ソフィアの前にそそり立った肉茎が露わになる。

（あぁ……）

その卑猥な形を見ただけで、ソフィアはまたお腹に新しい疼きを覚えてしまう。

少し前まで、男性器は房中術の講義で読んだ書物にある形しか知らなかった。それなのに、今ではソレがどのような快楽を教えてくれるのかを、身をもって覚えてしまった。

「どうした？　物欲しげな顔をして」

ライアスは悠然と笑ったまま、屹立をソフィアの顔の近くまで寄せてきた。

「……ぁ……」

思わずソフィアは起き上がり、間近でライアスの肉棒《ぼう》をジッ……と見つめる。

太く長い竿には血管が浮いていて、しなるように上向いた先端は、きのこのように傘を張っている。今まで彼に手淫をした経験から、ソフィアはライアスがその傘の根元が弱いと知っていた。

無意識のうちに手が伸び、ソフィアは小さく柔らかな手で彼の屹立を握っていた。

細い五指を巻き付け、親指と人差し指で作った輪でしごくと、ライアスが「あぁ……」

と気持ちよさそうな吐息を漏らす。

「ソフィア。お仕置きの一つだ。コレを君の胸で包んで、先端を舐められるか？」

いやらしい命令をされ、ソフィアの心の奥底にある被虐的な部分が尻尾を振って喜んだ。

「……皇帝陛下のご命令なら」

わざと従わなければいけない理由を作り、ソフィアは膝立ちになったライアスの前に座り、豊かな乳房でパフンと肉棒を包んだ。

「あぁ……、柔らかい……な」

乳房に熱い昂ぶりを感じ、ライアスが感じた反応なのか、柔肉の中で肉棒がピクピクと動いている。

男性の生理現象を不思議に感じながら、ソフィアは小さく舌を出して先端に押し当ててみた。

「ん……」

小さな孔から透明な液が滲み出ていて、それを舐め取るとしょっぱい。

(ライアス様の味だわ)

そう思うと、彼の味がどんな味であっても愛おしいと思った。

仔猫がミルクを舐めるように、ソフィアはペロペロと小さく何度も舌を動かす。

「あぁ……ソフィア。気持ちいい。そのまま、胸を上下に動かしてみたり、寄せて圧迫してみたりしてくれ。口も、いつも手でしてくれているように、俺が感じる場所を愛してほしい」

「はい……」

ライアスに求められている事が嬉しく、また自分が彼に何かしてあげられるのも嬉しい。

ソフィアは従順に彼の求めに従い、拙いながらも両手で支えた乳房を捏《こ》ね回すようにして、彼の肉棒を圧迫した。

「は……、ぷ」

思い切って大きな亀頭を口に頬張って見ると、レロレロと舌で舐め回す。雁首の部分に何度も舌を這わせると、気持ちいいのか、彼はグッと腰を前に突きだしてきた。

気が付けばソフィアは夢中になってライアスの肉棒を舐め回し、自身の乳房から零れている母乳を擦り付けていた。

「いやらしい姿だ、ソフィア」

ライアスは熱の籠もった吐息を漏らし、両手でソフィアのプラチナブロンドを掻き回す。

本当なら恥ずかしいはずなのに、今は「恥ずかしい」と同時に「嬉しい」とも感じていた。こうする事がライアスの望みで、きっとそれを自分は上手にできているのだ。

褒められて調子に乗ったソフィアは、先端の小さな孔をチュウッと吸い上げた。

「あっ……、ぁ。――――もう、……いい」

最後にもう一度頭を撫でられると、腰を引いたライアスがソフィアにキスをする。

「初めてなのに上手にできたな」

ライアスに鷹揚に褒められ、ソフィアは嬉しさのあまり彼に甘えたくなった。

「ちゃんといい子でできたソフィアには、俺からもご褒美をあげなくては」

「あ……っ」

コロンとベッドの上に転がされると、ライアスはソフィアの脚を開かせ、彼女の腰の下に枕を挟んできた。秘部が丸見えになってしまう体勢になり、ソフィアはとっさに両手で大事な場所を隠そうとする。

「ソフィア。手は自分の胸だ」

「え？」

だが隠す前に指示を出され、彷徨《さまよ》った手はおずおずと自身の乳房に向かう。

「そのまま自分で胸を揉み、乳首を弄って気持ち良くなってみるんだ」

「……そんな……。あ、……ぁっ！」

抗議の声を出そうとしたが、ライアスがその秀麗な顔を秘部に埋め、ピチャリと秘唇に舌を押し当ててきたため、高い声が口を突いて出た。

そのまま敏感な場所でネロネロと温かな舌が蠢《うごめ》き、ソフィアはヒュッと息を吸い込んで身を震わせた。

「だっ、駄目……っ、ですっ、そんな、――場所っ」

「君の体液はどこも甘いな……」

グイグイと両手で彼の頭を押しても、ライアスは陶然と呟いてさらに口淫を続ける。温かく柔らかい舌がひらめくたびに、指や屹立とは異なる快楽がソフィアを襲う。

「あん……っ、あ、……あぁ、あ……っ」

「ソフィア、手を」

秘部に温かな吐息が吹きかけられ、ソフィアに指示を出してくる。

「そこで……っ、しゃべらな、……ぃ、で……っ」

悩ましく腰を揺らしながらも、ソフィアはぎこちなく自身の乳房を揉み始めた。

普段なら自分の胸に触れても何とも思わないのに、一度ライアスに乳首を舐められ、呪いが発動したあとは、自分の手でも鋭敏に快楽を拾ってしまう。

ぎゅう、と五指を乳房に埋めると、そこからじんわりと快楽のエキスが体の深部に染み渡っていく気がする。

指でクリクリと濡れた乳首を弄べば、ライアスに陰核を触れられた時のように、鋭い淫悦がソフィアを襲う。母乳はとめどなく溢れ、ソフィアの手を伝い、腕のほうまでも達していた。

「あぁ……っ、あ……、ん、あぁあ……っ。…………あっ！」

舌の柔らかな感触に切ない声を漏らしていたが、不意に陰核をちゅうっと吸われてソフィアの声が跳ね上がった。

途端に、胸の先端からピュッと勢いよく母乳が出た。

「っそ、そこ……っ」

感じすぎるからやめてほしい、とライアスに何か言おうとするも、大きく膨らみかけている肉真珠をレロレロと舌で舐められ、言葉が続けられない。

一瞬室内が青白く光ったのは、ライアスが魔術を使ったのだろうか。

そのあと、つぬぅ……と彼の指が蜜口から侵入し、たっぷりと濡れそぼった蜜壺を探ってきた。

「あ！　あぅ……っ、あ、あぁあ……っ、あ、あぁあ……っ」

ちゅうーっと肉芽を吸われたまま、蜜壺はライアスの太く長い指に犯される。指の腹で柔らかな膣肉をまさぐられるたびに、ソフィアは息を乱しながらいきみ、彼の指を食い締めた。

陰核を吸われながら、その裏側辺りを体内から擦られ、トントンと膣肉をノックされると、その振動ごとに腰が小さく浮いてしまう。

「あーっ、あ、あぁ、あ……っ、き……もち、ぃ……っ」

迫り来る快楽を発散すべく、ソフィアは両手でギュッとシーツを握る。

ソフィアの手が止まったからか、ライアスは片手を伸ばして柔らかな乳房に指を埋めてきた。痛いぐらいに勃起した乳首をクリクリと弄っては、溢れた母乳を擦りつけてくる。

そうされてソフィアの母乳はより溢れ、彼女は甘い匂いを鼻腔一杯に吸い込む事になる。

（おかしく……、なっちゃう……っ）

ライアスは大きく膨らんだ肉真珠にチロチロと素早く舌を這わせ、膣内ではソフィアの感じる部分を執拗に擦ってきた。ヌチュヌチュといやらしい水音が寝室内に響き、ソフィアはあらゆる感覚で悦楽を味わい――、堕ちた。

「っあぁあああぁ……っ！　あ！　――――ん、あぁあああぁ……っ」

膝を胸まで引き上げ、胎児のように体を丸め、ソフィアはガクガクと体を震わせて絶頂する。

あまりにいきみすぎて、濃すぎる蜜がピュクッと小さな孔から噴き出てライアスの手を濡らした事も分からなかった。

「っはぁ、……は、……はぁっ、はぁ、――はぁ、は……っ」

母乳と愛蜜にまみれてクタリと脱力しているソフィアを、ライアスは指を舐めながら満足気に見下ろす。

そしてまだ体に力の入らないソフィアの体を、うつ伏せにしてきた。

「あ……？」

ライアスはソフィアの腰を高く上げさせると、ぷりんとした尻たぶにキスをし、吸い付いく。

「ん……っ」

時にきつく歯を立てるほど強く吸われ、お尻もお腹の奥もジンジンした頃、また室内が青白く光り、彼が例の魔術を使ったのが分かった。

ぬちゃり、と秘唇にライアスの亀頭が押し当てられ、ソフィアは両手に力を込めて上体を起こし、四つ這いの体勢になる。

視界のなか、自分のウェーブしたプラチナブロンドがシーツの上で広がっているのが見える。期待と不安で呼吸を整えていた時──、くぷんと亀頭が蜜口に押し入ってきた。

「あぁ……っ」

──こんな、獣のような体勢で愛されるなんて……。

だがそんな背徳的な行為すらも、今やソフィアにとっては快楽を貪欲に得るための要素となる。

「ああ……っ、あ！　あ……、あぁあああぁ……っ」

ズプズプと太い肉竿が埋められる感覚に、ソフィアは開きっぱなしになった唇からタラリと涎を垂らす。

「ん……っ、う……っ」

最奥にとちゅんと亀頭が届いた時、あまりの歓喜にビクビクッと体を震わせて軽く達してしまったほどだ。

ライアスは膣肉が屹立の形に馴染むまで、彼女の背中やお尻を撫で回し、重力で釣り鐘状になった乳房まで弄んでくる。

「あぁ……、あぁぁ……」

今や彼の掌の感触にすら感じ、ソフィアは彼の屹立を包み込んだままピクピクと反応する。呪いからなのか、母乳を零し始めてから周囲に甘ったるい匂いが充満し、それを吸い込むとより淫靡な気持ちになる。

ライアスも似た状態なのか、彼の屹立はソフィアの呪いが見つかる以前に手で愛撫していた時より、ずっと硬く大きく漲《みなぎ》っていた。

「動く……ぞ」

堪らない、とライアスは吐息混じりに呟き、ヌチュ……と音を立てて腰を引いてから、ずんっとソフィアの蜜壺に屹立をねじ込んできた。

「あぅうっ！」

あまりに強い淫激にソフィアは悲鳴を上げ、両手でシーツをギュッと握る。

次の衝撃に耐えようと息を吸い込んだが、身構える余裕を与えられず、ズチュズチュと激しく蜜壺を突き上げられて、いやらしい悲鳴が口から漏れ出た。

「あぁあーっ！　あぁあ、ああっ、あ、んぁああっ、あぁああ……っ」

――気持ちいい。

――気持ち良くて、頭がおかしくなってしまいそう。

頭の中は「気持ちいい」で支配され、ソフィアは全神経を研ぎ澄ませて、蜜壺を蹂躙しているライアスの形を脳裏で思い描く。

(アレが……。ライアス様のあの大きくいやらしい男性器が、私のナカに入っている)

そう思うだけで全身が燃え上がるほどの悦楽を得て、感情の愉悦だけで達してしまいそうだ。

ゴクッと唾を嚥下したソフィアは、ライアスの動きに合わせて体を前後させる。

悦楽を貪ろうとする姿を見たからか、ライアスがククッと喉元で意地悪く笑ったのが聞こえた。

「もっと気持ち良くなりたいなら、協力しよう」

そう言った彼の手がスルッとお腹の側に回ってきたと思うと、濡れそぼった結合部に触れ、指先に蜜を纏わせる。そしてたっぷりと濡れた指で陰核をヌルヌルと撫で回してきた。

「ひぁああぁっ‼　あっあぁああっ！　それっ、だ……っ、めっ」

ギュウッと背中を丸め、膣肉を痙攣させてソフィアは激しく達する。

「――っ、く、……しま、る……っ」

屹立を激しく締め付けられ、ライアスは射精感を堪えるかのように腰の動きを止め、ソフィアの背中に胸板をつけて、はぁ、はぁと呼吸を整えていた。

それでも彼の指はヌリュヌリュとソフィアの淫芽を玩び続け、彼女は達ったまま戻ってこられない。

挙げ句、射精感を堪えきったライアスがズチュズチュと激しく腰を叩きつけてきたので、ソフィアはこみ上げた衝動に耐えきれず愛潮を噴いてしまった。

「っ駄目ぇえぇっ……！」

プシャッと透明な液が噴き出したかと思うと、ライアスの手やシーツを濡らしていく。

「っひぅっ、うっ、うぅーっ……！」

粗相をしてしまったと思ったソフィアは顔を真っ赤にしてボロボロと涙を零し、背中を丸めてさらにライアスを締め付ける。

そんな彼女をさらに攻め立てるべく、ライアスは両手でソフィアの乳房を掴み、ムニュムニュと捏ね回してきた。

「あぁあーっ、あぁああ……っ、あぁあああ……！　駄目っ、引っ張ったら……っ、——あぁああっ！」

いつもの優しい触れ方ではなく、ライアスはソフィアの乳房を蹂躙すると言っていい強さで揉み、乳首を引っ張る。

その度に先端からはビューッと激しく母乳が噴き出し、辺りを甘い匂いで包み込んだ。

（つらい……っ）

もう、達きすぎて頭の中が真っ白になっている。

乳房への刺激、特に乳首への刺激は陰核へのそれと同義で、感じすぎたソフィアは虚ろな目をしたまま痙攣しっぱなしだ。

硬く張り詰めた亀頭でグチグチと子宮口を捏ねられるたび、四肢が意に沿わない動きをする。

熟れてふっくらとした蜜壺の中で、ライアスの剛直が激しく前後しては最奥をいじめ、時にグルッと蜜洞を掻き混ぜるようにして腰を回し、そして子宮口を押し上げる。

「んあぁああぁ……っ、あぁあああ……っ、あーっ！　あぁあああ……っ！」

もうここがどこであるかすら忘れ、ソフィアはなりふり構わず喘いだ。

タラタラととめどなく愛蜜を垂らす場所に、ライアスは激しく屹立をねじ込み、腰を叩きつけてはソフィアの大きな乳房に指を埋め、搾乳するかのように母乳を絞り出す。

「あぁ……っ、あ、——達く、ぞ」

ライアスはソフィアの細腰を掴み、ズルッと引きずるとベッドの端まで体を移動させた。

そして自身の片足を床の上につけ反対の足をベッドに置いた体勢で、より深くまでバチュバチュとソフィアを穿つ。

「駄目ぇぇえっ！　あぁあぁぁ……っ、あーっ！」

涙を流し両手でシーツを引っ掻きながら、ソフィアは目の前を小さな光がパチパチと明滅する錯覚に陥った。

そして彼女が本能の声を上げて激しく震えた時、ライアスもまたどちゅんっとソフィアの子宮口を突き上げ、一番深くまで結合した体勢で身震いした。

「っあぁ……っ」

ライアスの呻き声が聞こえ、ソフィアの体内で彼の肉棒がぐぅっと膨れ上がった。次の瞬間、まるで別の生き物のようにビクンビクンと跳ね、最奥に熱い奔流を吐き出していく。

（……温かい……）

もはや半ば気を失っているソフィアは、ぼんやりとライアスの吐精を感じるしかできない。

虚ろな目は室内の景色を映しておらず、口端からも涎を垂らしたままだ。絶頂して身動き一つ取れないほど疲労し、母乳と愛液、愛潮、精液まみれになったソフィアは、そのまま気を失ってしまった。


「…………」

ソフィアがふぅっと意識を浮上させると、室内は薄暗いままだった。

だが厚いカーテンの隙間から日差しを感じ、朝が訪れたのだと分かった。

身じろぎをして、自分の後ろに誰かがいるのを知る。その温もり、呼吸と、首の下を通って目の前にある大きな手を見て、昨晩愛しい人に抱かれたのを鮮明に思い出した。

「っ…………ぁ……」

お仕置きとは言えあまりに淫らな交わりをしてしまったと、顔から火が出る思いだ。

お腹にはライアスの腕が回っているので、身じろぎをしても彼の拘束から逃れる事はできない。

「ん……。目覚めたのか……」

起きたての掠《かす》れた甘い声がし、不意打ちで耳元にライアスの美声を聞いたソフィアは、「ひゃ……っ」と悲鳴を上げて首を竦《すく》めた。

「……おい。これだけで感じるな。またしたくなる」

スリ……と掌で腹部を撫でられたかと思うと、ライアスがソフィアのお尻に下腹部を押しつけてくる。

そこは芯を持っていて、ソフィアは慌ててブンブンと首を横に振った。

「駄目……っ、です……」

昨晩のように激しく求められては、立てなくなる……と思い、ふとあれだけ交じり合ったのに室内に名残とも言うべく淫臭がしない事に気づいた。

手で自分の体に触れてみても、胸や下腹部もサラリとしている。

その動作からソフィアが何を考えているのか分かったのか、ライアスがこめかみにキスをしながら答えた。

「後始末もすべて魔術で終えている。昨晩俺たちがここでした行為の証拠は、何一つとしてない」

「………………」

もそり、と寝返りを打ってライアスの顔を見ると、悪い顔をして微笑んでいる。

「君と正式に結婚するまで、下手な事はしない」

「……もう……。仕方のない方」

それでも昨晩の悦楽を思い出し、ソフィアは目を閉じるとライアスの胸板に顔を寄せ、幸せそうに息をついた。

「何もしていません」という顔をして両親とアンナと一緒に朝食を取ったあと、ソフィアとライアスは貴族たちを集めた広間に向かった。

ソフィアは金糸で刺繍の施された若草色のドレスを着て、髪は侍女によってきちんと結ってもらっている。

ライアスも正式な場に立つに相応しい格好をしている。帝国から荷物もほぼ持たず来たはずなのに……と思えば、城の者に布地などを用意させ、魔術で錬成したのだという。

「サリエール国王エリオット陛下に代わり、ラガクード帝国皇帝ライアスが告ぐ。こたびの騒ぎの元凶は、魔女ヴィオラだ。魔女はサリエール王家に何らかの理由から恨みを抱き、アンナ殿下をあの場所に幽閉して呪いを掛けた」

すべて任せてほしいとライアスは言ったが、何をどう説明するのか聞かされていなかったので、サリエール王家の四人もやや緊張している。

「呪いとはどういう事です？」

貴族の誰かが問うた声に、ライアスは顔色一つ変えず答える。

「アンナ殿下は魔女により、姿を変えられてしまっていた。その姿を誰にも見せられず、殿下はあの部屋に閉じこもっておられた。ただ一人、治癒の魔術を使えるソフィア殿下なら自分を助けてくれると考えられて、帝都に手紙を寄越された。ソフィア殿下はそれを読んでサリエールに帰り、アンナ殿下を白魔術により救われた」

「ですが、あの場には黒魔術を使った跡が……。それにアンナ殿下は、あのあと体調を崩されていたではないですか」

広間の壇上にはライアスが立ち、サリエール王家の四人はその斜め後ろに立っていた。アンナはそっとソフィアの手を握ってきて、ソフィアも彼女の手を握り返す。

「あの黒魔術の魔法陣は、魔女が描いた物だ。加えて魔女は手すさびにアンナ殿下に術を掛け、その媒介となる血液の代わりに城に保管されてあったウクリアの尿を利用した」

「ウクリアの尿！」

「……道理で管理していた者が、量が少なくなったと言っていた訳だ……」

貴族たちの間から納得した声が聞こえ、ソフィアはまだ緊張しつつも細く息を吐いてゆく。

「魔女がどのような理由で、サリエール王家に恨みを抱いているかは分からない。だがまがい物……ウクリアの尿を使えば術が不完全になり、暴発すると知っていながらもアンナ殿下に呪いを掛けたというのは、魔女の計略ゆえだ」

警備が厳重であるはずの城の一室で黒魔術が使われたという話題は、あっという間に人々を恐怖と不安で包んだが、使われたのが血液ではなくウクリアの尿だと分かり、貴族たちの間からあからさまに緊張感が抜けていった。

「ソフィア殿下は癒やしの魔術を得意とされている。アンナ殿下の姿がいつもの姿からかけ離れてしまったのを知り、それを膨大な魔力により〝回復〟させる。回復術により元の姿を取り戻すためには、アンナ殿下の体の代謝を急激に早め、筋肉、脂肪を変化させなければいけない。白魔術であってもアンナ殿下にかかる負担は大きく、高熱が出たり、体が痛くなったりする。それは分かるな？」

アンナが寝込んでいた理由を知り、貴族たちは申し訳なさそうな視線をソフィアに向ける。

「お前たちは無実のソフィア殿下を、見たままの短絡的な情報で悪と決めつけた。ソフィア殿下が口を噤んでいたのも、美しいアンナ殿下が皆の前に出られない姿になっていた秘密を守るためだ」

一転してソフィアは美しい姉妹愛を守った〝聖女〟に戻り、人々は「やはり……」という目になった。

「これですべての謎は解決した訳だが……、胸に手を当てて考えてみろ。自分たちが何をしたのか。一方的に〝聖女〟〝聖母〟と祭り上げていたソフィア殿下に少しでも疑わしい所があれば、掌を返して何百年も前のような一方的な魔女裁判を行う。お前たちの中にも、ソフィア殿下に懸想している者はいるだろう。勝手に憧れておいて、『理想を壊された』と恨んでいなかったか？」

ライアスの底光りする瞳に睥睨され、貴族たち、または広間に立っていた騎士たちが視線を逸らした。

「黒魔術に関しては、根源となる力が悪魔、魔界に連なるため、いまだその謎は解明されていない。未知のものを怖がる気持ちは分かる。だが分からないものは分からないとしても、今を生きる文化人らしい意識の改革をしなければ、サリエールはこの大陸の中で〝歴史が古いだけの遅れた国〟という印象を脱せない」

「それでは……。帝国ではどうされているのです？」

一人の問いに、ライアスはまっすぐ前を向いて答える。

「魔術医師の育成に力を注いでいる。魔術学院を増やし、そこで学ぶ子供たちを支援している。優れた〝目〟があれば、今回のように黒魔術が関わった騒ぎがあっても、真に魂が穢れているかどうかぐらい分かるだろう」

もっともな事を言われ、貴族たちは黙り込む。

「サリエールは小国であり、失礼ながら医療魔術について少し遅れている印象を抱く。気後れする気持ちは分かるが、国の未来のためを思うなら、積極的に留学をさせ、帝国でも他の大国でも、他国の素晴らしい所を学ばせ、自国に取り入れるべきだ。歴史があり由緒正しいからと言っても、今やただ古いだけの血筋など、何の役にも立たない。下手な自尊心があるだけ邪魔だ。古きにしがみつくのはやめ、もっと未来を考えろ」

凛とした声で言い放ったあと、エリオットが前に進み出た。

「サリエール王国はライアス皇帝陛下に救われた。王女であるソフィアがいわれのない罪を着せられて処刑されようとした事について、私は自分の国王としての至らなさを痛感した。またソフィアとアンナの事も、父として守り切れず不甲斐《ふがい》なく思っている。皇帝陛下が仰った通り、これからのサリエールは変わっていかなければならない。私も一人の人間として変わりたい。どうか皆も協力してほしい」

　エリオットの宣言を耳にし、広間にいた臣下たちが黙礼した。

「また、皇帝陛下からは五年前よりソフィアへの求婚を頂いていた。それを今回正式にお受けし、二人を婚約者として認める事を宣言する」

　突如として婚約の宣言がされ、広間がざわついた。

「大国の皇帝陛下であり、優れた君主、そして医療魔術士でもあるライアス陛下なら、ソフィアを幸せにしてくださると信じている。サリエールはこれから帝国の良き隣人となり、帝国を倣って成長していくのだ」

　婚約発表を受け、ライアスはソフィアに向かって手を差し伸べた。

　ソフィアははにかみながらも前に進み、ライアスの手を握り返し臣下たちに向かってお辞儀をしてみせる。

「皆、心配を掛けました。そして私の態度により騒ぎを大きくしてしまった事を詫びます。ですが皇帝陛下がすべて解決し、アンナと私を救ってくださいました。私が帝国に滞在していたのは皆の知る事と思いますが、このたび正式に皇帝陛下と婚約する運びとなりました。婚約式などは追って予定を立てますが、どうか私たちを祝福してください」

　微笑んだソフィアは、いつものように〝聖女〟〝聖母〟と呼ばれる雰囲気のままだ。

　ソフィアをひそかに思慕していた臣下や騎士たちは、自分とライアスの器や力量の差を見せつけられ、認めざるを得ないという顔をしている。

その他の者たちは、巨大な力を誇る帝国と婚姻により繋がりを持てるという事で、諸手を挙げ喜んでいた。

一通り祝福の言葉が収まったあと、ライアスが告げる。

「私たちはこれから、急ぎ帝都に戻り、魔女の居場所や魔女の恨みの理由を解き明かさなければいけない。婚約者であるソフィア殿下も、また帝都に帯同していただく。先ほどソフィア殿下が仰った通り、婚約式や結婚式については、すべての決着がついたあと改めてサリエール王国と相談したいと思っている」

そう告げて一礼したあと、広間での集まりは解散という流れになった。

（……ライアス様は、サリエールが変わるための種を撒《ま》いてくださった。私はいずれ嫁いでゆくけれど、この国が良い方向に変わってくれれば……）

祖国と国王、臣民の成長を願いながら、ソフィアはこれから自分たちが対峙すべき問題に思いを馳せる。

そして帝国に帰る準備を始めた。

第六章　対峙《たいじ》する魔女と皇帝、そして聖母

ライアスが呼び出した神獣は、ひと月ほど地上に留まっているらしい。

王権の力で神獣を軽々しく呼び出せないように、幻獣界と地上を繋ぐ門はそう簡単に開かないようだ。

ソフィアたちが飛竜に乗って帝国に戻る途中、神獣も翼を広げて悠々と飛び、あとをついてくる。

その日の夕方には帝都につき、改めてソフィアは侍女たちと再会を喜び合い、ひとまず帝国に身を落ち着ける事になった。


その翌日の午後、ソフィアはライアスに呼ばれて庭に出た。

暑さも大分和らいできた庭では、神獣がゆったりとその身を休めている。だが彼は時おり顔を上げると、何かの匂いを気にしているようにスンスンと空中の匂いを嗅いでいた。

「今まで話し掛けようと思わなかったんだが、どうやら意思疎通ができるようだ」

神獣の白銀の毛皮を撫でながら、ライアスは新しい発見をしたという顔で伝えてくる。

「そうなのですか？　……神獣、ですからきっと人よりずっと賢いのでしょうね」

「人の言葉を話す訳ではないのだが、彼に向けて心の中で問いかけると、彼の思っている事が伝わってくる」

興味を持ってソフィアは神獣の前にしゃがみ、ジッと金色の瞳を見つめてみた。

目の前に大きな獅子の顔があるのだが、ライアスが従える神獣であるし、一度はその背中に乗せてもらったからか、不思議と恐怖はない。

(私の言葉が分かりますか？)

心の中で問いかけてみたのだが、神獣はソフィアを見つめ返し、やがて欠伸をした。

「うふふ。王権の力で現れた神獣なので、ライアス様だけが神獣の気持ちを理解できるのかもしれませんね」

「そうかもしれないな」

ライアスは帝都に戻ってからサリエールにいた頃の険しさを消し、穏やかな表情を見せている。

急に国を空けたため仕事が溜まっているので、帰国した彼にはまた執務に追われる日々が待っている。

それでも危機が去り、穏やかな日常が訪れようとしていた。

だがその前に、片付けなければいけない事がある。

「……なぁ。俺とソフィアを引き裂こうとした魔女がどこにいるか分かるか？」

しゃがんだライアスが尋ねると、神獣はジッと彼を見つめる。

そのあとむくりと立ち上がると、大きな翼を広げた。

「ソフィア、こっちに来い。神獣が魔術を使う」

「は、はい」

言われて慌ててライアスに寄り添うと、彼が肩を抱いてくる。

ライアスの陰から神獣を見守っていると、口を大きく開いた神獣の前に光の球ができあがっていた。光の玉は周囲の魔力を吸い上げ、みるみる大きくなっている。

やがて神獣が翼をピンと広げると、カッと周囲が光に包まれた。

「きゃ……っ！」

両手で目を庇ったソフィアを、ライアスがギュッと抱き締めてくる。

閃光《せんこう》が収まった頃にそろそろと目を開けると、目の前の空間に〝ひび〟が入っていた。

「何……？」

〝ひび〟はピシッ……ピシッと音をたてて次第に大きくなり、やがてパンッという破裂音がした。何者かが張り巡らしていた結界が崩れたのだ。

「えっ⁉」

今まで見えなかった結界が割れ、ガラスの欠片にも見えるそれが大気に溶けてゆく。

その向こうに現れたのは、空に浮かんでいる箒《ほうき》に座っている、黒いドレスを纏った女だった。

「あれ……は……」

いきなり現れた女性を見て、ソフィアは、「あれ？」と思う。

彼女の容姿はどことなく、見覚えのある女性の特徴に酷似しているのだ。

「下りてこい！　魔女ヴィオラ！」

ライアスは声を張り上げ、神獣も威嚇するように唸《うな》る。

すると女性――魔女ヴィオラは、「あーあ！」と投げやりな声を上げると、艶やかな黒髪をバサッと掻き上げて、箒に乗ったまま地上に下りてきた。

「見つかっちゃった」

悪びれもなくそう言う魔女――ヴィオラは、ソフィアに負けず胸が豊かで、妖艶な女性だ。

ヴィオラは昔の魔女のようなとんがり帽子にシンプルな黒い服という格好ではなく、黒ではあるものの、レースやフリルをふんだんに使った豪勢なドレス姿だ。大きく開いた胸元と、真っ白で深い谷間に思わず視線が向いてしまう。

唇は真っ赤に塗られ、瞳は紫色だ。

人はあまりに強い魔力を得ると、体の一部が通常あり得ない色になると言われていたが、魔女であるヴィオラもまたそうなのだろう。

豊かにうねった黒髪は腰よりも長い。その髪を掻き上げて、ヴィオラは尊大な態度でライアスとソフィアを見ていた。

（……というよりも……）

ソフィアはヴィオラを見て、「まさか……」という思いを抱く。

似ている――というには、あまりにも印象が真逆だ。

けれど……。

と思っている時、ライアスが口を開いた。

「なんだ、その姿は。デキの悪いソフィアの物真似か」

「誰が物真似よ！」

ライアスの不遜な物言いに、ヴィオラは思いの外簡単に噛みついてきた。

（やっぱり……）

黒髪に黒いドレスなので、パッと見の印象はかけ離れていた。

だが豊かにうねった長い髪をプラチナブロンドにし、美しく整ったきつい顔つきを柔和にすれば、ヴィオラはソフィアと言ってもおかしくない姿をしている。

何より、どんっと実った胸やくびれた腰、張り出た臀部などの曲線はそっくりだ。

（どういう事なの……？）

ソフィアが混乱している横で、ライアスはフン、と鼻を鳴らしヴィオラを睨みつける。

「お前、その姿は真の姿ではないな？　ソフィアの色違いのような粗悪品を、俺の目の前に晒すな」

「い、色違い⁉　粗悪品⁉　お、お前……っ、よくも私にそのような口を……っ」

ヴィオラの瞳が鮮やかな色に輝き、彼女が何らかの魔術を使おうとした時、神獣が
「ガァアッ！」と咆吼《ほうこう》して翼を羽ばたかせた。

「きゃっ！」

すると突風とも言える風が吹き抜け、その風に煽《あお》られたヴィオラの姿が、剝がれていった。

「えっ？」

ソフィアは神獣の後方にいるので、その風を食らっていない。

目をまん丸にしたソフィアの目の前で、バサバサとはためく黒いドレスはそのままに、ヴィオラの体つきはみるみる細くなっていった。

突風が過ぎ去ったあと、そこに現れたのはストレートの黒髪を肩ほどまで伸ばした、スリムな女性だ。

顔も先ほどの妖艶さはどこかへ消え、生意気な少女のようなあどけない顔つきになっている。

「見ないでっ！」

ヴィオラの鋭い声にハッとすると、ブカブカになった胸元から慎ましやかな胸がはだけていた。

「ラッ、ライアス様っ！」

とっさにソフィアは両手でライアスに目隠しをし、ヴィオラが恥を掻かずとも良いように配慮する。

「なんだ、ソフィア以外の体を見ても、俺は何も感じない」

目隠しをされたままライアスは勃然として言い、まだヴィオラには言いたい事があると、ソフィアの手をどかそうとする。

「ライアス様は構わなくても、ヴィオラさんは女性です！　殿方に肌を見せて恥ずかしい思いをさせてはいけません！」

必死に説明し、ソフィアはヴィオラを振り返る。

「ヴィオラさん、あなた魔女でしょう？　ドレスのサイズを合わせる事はできなくて？」

言われてヴィオラはハッとした顔をし、慌てて手で印を切る。

すると借り物のようにぶかぶかだったドレスは、シュッとヴィオラの体に巻き付き、ほっそりとした体を引き立てる、丈の短いドレスに変わった。

「……も、もう大丈夫です」

安心して手を離すと、ライアスはパチパチと目を瞬かせて見え方を確認している。

そしてヴィオラの本当の姿を見て、――重たい溜め息をついた。

「……一体お前は何なんだ。俺たちに何の恨みがある。そしてソフィアに呪いを掛けたのはお前だろう。一刻も早く呪いを解け」

険しい顔のライアスに睨まれ、ヴィオラも大きな猫のような目でジッとライアスを見つめる。

思い詰めたヴィオラの顔をソフィアはハラハラとして見守っていたが、やがて彼女の表情がクシャリと歪んだのを見て、「あっ」と気まずい思いを抱いた。

「……お前っ、し、……初代と同じ顔をして私にそんな事を言うんじゃない！」

ヴィオラは紫色の瞳からボロボロと涙を零し、華奢《きやしや》な肩を震わせて泣き出した。

さすがにライアスもギョッとし、固まっている。

つい数日前にも、妹のアンナはソフィアの前で泣いていた。

もとの体型が妹に似ているからか、ソフィアはついヴィオラが気の毒になり、気が付けば何の躊躇《ためら》いもなく彼女を抱き締めていた。

「っソフィア⁉」

慌てたライアスが彼女の肩に手を置くが、ソフィアはヴィオラの顔を自身のふっくらとした胸に押し当て、「よしよし」と子供にするように背中を撫でてやった。

「あなたに何があったのか分かりませんし、何を考えて私に呪いを掛けたのかも分かりません。ですが、辛かったですね？　あなたは人の間に交じるより、孤独を愛する魔女とお見受けします。悩みを話したくても、誰にも話せなかったのではないですか？」

自分でもお人好しだと思うが、どうしてもヴィオラの姿がアンナと重なり、ソフィアは彼女を放っておけなかった。

そもそも自分たちが魔女の呪いに巻き込まれた理由も分からない。

ならば敵対して意地を張らせてしまうより、彼女の心に寄り添って話を聞いたほうがいいような気がした。

「泣きたい時はたくさんお泣きなさい。そしてスッキリしたら、色々とお話してくれますか？」

「う……っ、うわぁあああぁぁあぁん……っ!!」

ソフィアに母のように慰められ、とうとうヴィオラは声を上げて泣き始めた。

ライアスは面食らって驚き、困ったように髪を掻き上げる。

けれど最終的に、ライアスはヴィオラが泣き止むまで待ってくれていた。

落ち着いたヴィオラにソフィアはお茶を飲む事を提案し、ライアスに言って香りの良い紅茶と焼き菓子を用意してもらった。

サンルームにはライアスとソフィア、そしてヴィオラが座り、彼女は紅茶にミルクをたっぷり入れてから、クッキーをボリボリと貪り始めた。

そして、どこか照れくさそうな、怒ったような顔で説明し始める。

「ずっと昔、一目惚れした男がいたのよ。それはお前の祖先で、この帝国の初代皇帝だったわ。顔もお前そっくりで、黒髪に青い瞳、顔つきも体つきも何もかも似ていたわね」

ヴィオラはそこまで一息に言い、レモンピールの入ったマドレーヌを頬張り咀嚼《そしゃく》して呑み込んでから、ミルクティーをクイーッと飲んで息をつく。

「でもその隣には、あんたにそっくりの女がいた」

次にヴィオラがピッと指差したのは、ソフィアだ。

「それでお前は、初代にフラれたのだろう？　その恨みをソフィアにぶつけたという事か？」

ライアスも初めのように殺気立っておらず、出来の悪い妹を前にしたような、ぞんざいな態度になっている。

「失礼ね。もう少し言葉を選びなさい！　……フラれたというか、歯牙にも掛けられなかったのよ」

ブスッとふくれっ面になったヴィオラは、人払いをしていて給仕がいないため、自分で紅茶のおかわりを注ぐ。

「初代にはどのような理由で？」

ソフィアが問うと、ヴィオラはライアスに対するよりは軟化した態度で答える。

「妻を心から愛しているから、気持ちには応えられないと言われたわ。その妻も、ほんっとうに嫌な女だったのよ！」

「ど、どのように？」

自分とそっくりだったという先祖が、ヴィオラにどのような仕打ちをしたのかとソフィアは心配になる。

するとヴィオラは真っ赤になってソフィアを睨みつけ、プルプルと震えたあとに両手で顔を覆った。

「……っ、さっきのあんたみたいに、とっても優しくされたわ！　あの無駄に大きな乳に私の顔を押しつけて、母親か姉みたいに抱き締めてきたのよっ！　とってもいい匂いがするし、胸が柔らかくて思考回路が奪われていくし、あの女こそ魔女よ……っ！」

「なんだ、優しくされたんじゃないか。なぜ恨む必要がある」

呆れたように溜め息をついたライアスが尋ね、脚を組んだ。

「だって……っ。まったく嫌な面を持たない完璧な二人なんだもの！　私みたいに人の道を外れて魔女になった女なんて、霞んで見えるわ！　私は気が遠くなるほど昔から生きてきて、大魔女と呼ばれるほど魔力を蓄えて強くなったわ。だけどずーっと！　この体にコンプレックスを抱いてきたの！　幾ら魔法で外見を変えられても、魔女になった当時の姿だけは変えられないのよ！　いつもいつも、女っぽいボディラインを持つ大人の女を見ては、ネチネチと『不幸になればいい』と思っていたわ！　そんな私を、あの二人は目が潰れるほど輝かしいオーラで包んで、『一人なら一緒に暮らさないか？』なんて提案してきたのよ⁉　この私が！　哀れみを受けたの！」

ダンッとヴィオラがテーブルを両の拳で叩くと、テーブルの上にあった茶器がカチャンッと音を立てた。

「…………初代とソフィアの祖先は何も悪くないじゃないか」

まくしたてたヴィオラの興奮が一旦冷めた時、ライアスがボソッと突っ込む。

「そうなのよ！　だから悔しいの！　あのお気楽キラキラ人間は、私ほど魔力を持たないし、私よりずっと短命だわ！　それなのに私よりずーっと幸せそうなの！」

「だから恨んだのか」

腕を組んだライアスに溜め息混じりに言われ、ヴィオラも息をつく。

「だって、他に方法がないじゃない。あいつらの申し出を受けて、帝国の守護魔女になる？　なってやってもいいけど、契約をしてもあいつらはすぐに死ぬわ。その僅かな間、私はあいつらの吐き気がするようなキラキラを毎日見せつけられて、嫌な思い出を六十年ほど刻まれるのよ。じょうっだんじゃない」

「……帝国の初代の時代と言えば、もう何百年も昔です。それほどの年月が経っても、まだ憎いのですか？　もしお気持ちが薄れていたら、私の身に刻まれた呪いを解いて頂けたら嬉しいのですが……」

ソフィアがそろりと申し出たが、ヴィオラは拗《す》ねたような目で見てくる。

「あんたには、その巨乳が煩わしくなるような呪いを掛けておいたわ。『巨乳になるんじゃなかった！』って後悔すれば良かったのよ」

ヴィオラに言われ、ソフィアは「そんな事言われても……」と文句を言いたくなる。

「男って女の顔と胸しか見てないのよね。あんたには婚期が遅れて、そいつと出会わないようにという呪いも掛けておいたのに、どうにも初代とあの女との絆が深すぎるみたい。

悔しいから万が一出会って惹かれ合っても、その巨乳が原因で別れるようになる呪いも掛けたわ。孕んでもないのに母乳が出たら気持ち悪いでしょうし、子を産んだばかりなのかと疑われるじゃない？　それに万が一母乳を舐めるような事があっても、催淫効果があれば獣のようになって襲いかかるわ。最終的にあんたが傷物になって破談になればいいと思ってたんだけど……」

そこまで言って、ヴィオラは面白くなさそうな顔をする。

不意にソフィアはライアスに乳首を吸われ、母乳が噴き出した事を思い出す。二人で媚薬を煽ったかのよう心地になり、ドロドロに交じり合った光景が脳裏によぎり、ポッと頬を染める。

「やだ！　あんた何を思いだして顔を赤らめているのよ！　この変態！」

ヴィオラは呪いを掛けたというのに、むしろ喜んでいるようなソフィアの反応を見て、しかめっ面をする。

「お前の呪いの数々には辟易《へきえき》としたが、ソフィアのあれは……アリだな」

加えてライアスも顎に手をやって「ふむ……」とあらぬ方向を見て頷いているので、ヴィオラはとうとう癇癪《かんしゃく》を起こした。

「もぉーっ！　何なのよ！　お前たちは！　私の真の姿を見ても馬鹿にしない！　挙げ句の果てに美味しいお茶とお菓子まで出して、私の身の上話を聞くし！　おまけにイチャつくな！」

立ち上がって地団駄を踏むヴィオラを、二人はポカンとして見ていた。

「大体、呪いを掛けられたって知ったら、もっと私を憎むものなんじゃないの⁉　醜い本能を剝き出しにして、私に罵詈雑言《ばりぞうごん》を浴びせかけるんじゃないの？」

「そうされたいのか？　そんな特殊性癖があるのか？」

「んな訳あるか！　私はどうっしても、お前たちみたいな人間が憎悪を剝き出しにする姿を見たかったの！　お前たちにだって醜い感情があるでしょう⁉　それを曝け出して私にぶつけてみろって言っているの！」

言われて、ソフィアはライアスと顔を見合わせる。

「……醜い感情と言われても俺はそういう物は〝粛清〟時代にすべて出したつもりだ。今はソフィアを求める気持ちしかないし、彼女が側にいてくれるだけで満たされている。……さすがに処刑されかけた時は焦ったが」

「私も、ずっと〝聖女〟〝聖母〟と周囲から呼ばれ続け、『本当の私はそうじゃないのに』と思う、抑圧された気持ちがありました。ですがライアス様に本当の私を見つけて頂いて、ただ一人の理解者がいればそれでいい……と、気持ちがとても楽になりました」

「だってあんた、妹のせいで処刑されかけたじゃない。妹を恨んでやるとか、そうなった元凶の私を憎むとか、そういう気持ちはないの？」

立ったまま、ヴィオラは必死になって尋ねてくる。

「終わった事です。確かに信じてもらえず、悲しい気持ちはありました。正直、アンナがみだりに魔法書に手を出さなければ、あんな事にならなかったと思います」

「じゃあ……」

ヴィオラが勝ち誇った顔をするが、ソフィアは微笑んで首を左右にゆるりと振る。

「私は妹を愛しています。どれだけ迷惑を掛けられても、家族だから許してしまいます。それを私は家族愛だと思っています。それにアンナだって、私と自分を比べて劣等感に苦しんでいました。その気持ちを思うと、アンナを責められないのです」

ヴィオラは悔しそうな顔をし、唇を歪めている。

「誰だって理想の自分の姿で生まれる訳ではありません。その〝理想〟だって、生まれた環境により変わる事があります。恵まれた環境で生まれた者は、自分にないものに憧れます。人は他人を見て羨み、自分の恵まれた部分には気づきません。また羨まれている他者だって、周囲の者が知らない劣等感を抱えているのでしょう。どれだけ羨んでも、きりのない世界です」

ソフィアの言葉を、ライアスが引き取って続ける。

「魔女ヴィオラ。俺が思うに、お前に必要なのは外見を偽る事でも、一方的な恨みの気持ちを子孫にまで持ち続け、自分の望む醜い感情を見る事でもない。俺たちが醜い姿を見せたとして、お前は幸せになれるか？　自分への劣等感を解消できるか？」

「……胸がスカッとするかもしれないけど……」

言いよどむヴィオラに、ライアスは兄のような表情で笑った。

「一時的なストレス発散になっても、お前はすぐに〝次〟のはけ口を探すだろう？　それじゃあ、きりがない。お前に必要なのは、〝満足する気持ち〟だ」

「……っ！　そんなもの！　何百年と生きてきて一度たりとも味わった事がないわ！　大魔女と呼ばれた私ですら満足できないのよ⁉　お前たちがそれを知っているとでも言うの⁉　たかだか二十数年しか生きていないガキの癖に、偉そうに！」

ヴィオラが憤慨した途端、周囲にブワッと風が巻き起こった。

サンルームの中で体を伏せていた神獣が顔を上げ、ヴィオラを見て低く唸る。

「どれだけ生きたかという時間の問題じゃない。どう生きるかという〝あり方〟の問題だ。お前は自分の事が好きか？　自分を愛するために、自己を高める何かをしたか？」

「ありとあらゆる贅沢はしたわ。でも満たされなかった」

ヴィオラが渋面になったのは、遙か昔の虚ろな生活を思い出したのだろうか。

「ドレスも宝石も、美しい男も女も、すべて手に入れた！　私を愛するようにさせたし、毎日肉欲に溺れたわ。……でも、……満足する事はなかったし、飽きてしまった」

「それは魔術で人の心を操ったからだろう。それだけの事ができるお前が、いまだ初代にこだわっているのは、初代の心を手に入れられなかったからだ。人が本当に欲しい物は、金や魔術で変えられない人の心だ。自分を認め、信じてくれる心を、今まで得た事があったか？」

「…………」

ライアスの言葉を聞き、ヴィオラは唇を噛むとストンとソファに座る。

彼女は居心地の悪そうな顔でティーカップに手を伸ばし、温《ぬる》くなっているだろうミルクティーを飲んだ。

ソフィアは立ち上がり、そんなヴィオラの隣に腰掛けた。

「……な、何よ……」

そしてヴィオラの手を両手で握ると、ニコッと微笑んでみせる。

「もし良ければ、私のお友達になってくださいませんか？」

「えっ⁉」

面食らった顔をするヴィオラに向かって、ソフィアは言葉を続ける。

「私たちを結界の外側から観察されていたなら、ご存知かと思います。私はあまり友人が多くありません。お手紙のやり取りをしている他国の王女はいても、気を許してお茶を楽しむ人はあまりいないのです。私は皆さんが思っているよりずっと普通の女で、さほど面白みもありません。いつも『望まれる態度を取らなくては』と思ってしまうのです。それは本音でお付き合いする事にならないでしょう？」

「まぁ……確かに」

ふんわりとしたソフィアの手に手を握られ、ヴィオラは落ち着かない顔をしている。

「その点、ヴィオラさんはお互い気の置けないやり取りができそうだと、期待しているのです。お互い思うままを言って、本音のお付き合いをしませんか？　もしライアス様さえ

『いい』と仰ってくれたなら、帝国の守護魔女になるとか……」

そこまで言われ、ヴィオラはジワッと赤面した。

「そ、そんな事になったら、お前たちはどうなの⁉　自分たちを苦しめた魔女が近くにいるのよ⁉」

「俺はまだお前を信用していないが、ソフィアの呪いを解いてくれれば、一つ信頼できると思う。守護魔女になり、俺と帝国のために力を使うと契約したなら、さらに信頼しよう。加えて共にこの帝都で過ごして、毎日顔を合わせて挨拶をし、食事をすれば、おのずと信頼は増していくだろう」

「ど、どうしてそんな、呪いを掛けた私を『受け入れる』だなんて言うの⁉　私はお前たちに酷い事をした、この女を死なせかけた張本人なのよ⁉」

悪事を働いた自分が二人に受け入れられようとし、ヴィオラは必死に自分の〝悪〟を主張する。

だがソフィアにはその姿が、愛される事に怯える子供に見えてしまった。

サリエール王女として孤児院を訪れた時に出会った、親に捨てられたとすべてを恨む子供たちを思い出したのだ。彼らは受け入れられたと期待した相手に、捨てられる事を恐れていた。だからソフィアたちにもなかなか心を開いてくれなかった。

だがそんな子供たちにも、自分は味方だと辛抱強く伝え、長期間にわたって愛情を注げば、「自分を必要としてくれる存在がいる」と理解し、心を開いてくれると知った。

だからソフィアは、また迷わずヴィオラを抱き締めた。

「すべて、許します。ですからあなたも私を許し、どうか呪いを解いてください。そしてまっさらな関係になって、一から始めませんか？　私たちはあなたを〝良き友人、良き相談相手〟として頼ります。私たちはあなたより短命で、時に愚かな選択をするかもしれません。そんな時のために、どうか魔女ヴィオラ様、帝国の導き手となってください」

ソフィアの聖母の如く微笑みを見て、とうとうヴィオラは毒気を抜かれたようにポカン……とした顔になった。

そして遅れて、自分が〝必要な存在〟だと言われたのに照れたのか、ジワジワと頬を赤くしてゆく。

「……そ、そんなに求めるなら、…………な、なってやらなくもないけど」

ソフィアはヴィオラを抱き締めたまま、ライアスを見てにっこりと笑う。

彼もソフィアの思惑を知ってか、諦めたように頷いてくれた。

「仕方がないから、呪いは解いてあげるわ」

最後にヴィオラは、諦めたように言い、ソフィアの胸元にある花の形をした痣に口づけた。

その瞬間、今まで見た事もない複雑な魔法陣が浮かび上がり、消えていった。

「あーあ！　もう！　お前たちには責任を取ってもらうからね。キラキラしたお前たちが口にする、〝幸せになるための生き方〟〝満足するための生き方〟見せてもらおうじゃない。すべてを得ていながら、何も持っていない私を、幸せにしてみせなさい。お前たちが努力をし、私が少しでもそれを感じられたなら、今後帝国に力を貸してやってもいいわ」

「ありがとうございます！」

ソフィアはぎゅーっとヴィオラを抱き締める力に手を込め、スミレの香りがする彼女に頬ずりをした。

「ちょっ……あんた、やめなさい！　あんたの胸は人より大きいんだから、圧死するわ！」

晩夏の日差しが差し込むサンルームで、ソフィアとライアスの笑い声が響き、ヴィオラの照れ隠しの悲鳴が聞こえる。

それを耳にして、神獣は耳をピコッと動かしてから欠伸をした。

終章　聖母は真の母になる

それから秋にライアスとソフィアは婚約式を執り行い、翌年の初夏には各国の貴賓を招いて結婚式を挙げる事を決めた。

ソフィアの処刑未遂事件の後、サリエールでも国のあり方や価値観などについて議論が交わされたらしい。エリオットは基本的な性格は変えられないものの、もっと君主としてしっかりせねばと心を新たにし、積極的に発言して、臣下たちと意見を交えているようだ。

アンナはあの一件で相当反省したらしく、今は大人しく城で過ごしているという。

それでも聞いた話では、アンナが引きこもった時にとても心配した貴族の息子がいたらしい。事件のあとに彼がアンナを訪ね、いい雰囲気でお茶をしたり、庭を歩いたりする事が増えたのだとか。

アンナは今までソフィアと自分を比べてばかりいて、自分を想ってくれる男性がいると、考えていなかったのかもしれない。

視野が広がったという意味では、ライアスと出会ったあとのソフィアにも言えるし、二人を見守ると決めたヴィオラについても同じ事が言えるだろう。

そしてライアス自身が何より、ソフィアと出会って周囲から「良い君主になられた」と褒められる機会が多くなり、すべての出会いが互いを高めるという良い循環が生まれていた。

大陸の頂点に立つと言っていいライアスの花嫁となるソフィアは、その立場に見合う絢《けん》爛《らん》豪華なドレスや結婚式の準備をする必要がある。

宮殿に勤める魔術を使える使用人たちがこぞって結婚式の準備を進めた。

春、宮殿の庭園は庭師たちにより最も美しい姿に整えられる。庭師の魔術で木々の葉や花びらは磨かれたように艶めき、みずみずしい雫を纏わせていた。

庭園にある神々の像も水を掛けられて磨かれ、日差しを浴びて輝きを見せている。

迎賓館では各国の貴賓に合わせた調度品やリネン、カーテンの色などが調整された。

食器は代々大切にされてきた銀のカトラリーの他、帝国の国章が描かれた美しい食器も磨き上げられ、厨房《ちゅうぼう》のコックたちも長い準備期間をかけて最高の料理を研究する。

その間、ソフィアは体の寸法を測られた上で、仮縫いまで進んだウエディングドレスを身に纏い、さらにどれだけ宝石やレース、フリルをつけていくかという調整をされていた。

デザイナーや針子、侍女たちはとても楽しそうで、「世界で一番美しいソフィア様の、最高の一日を準備する栄誉ある係」として、積極的に意見を出し合い、ドレスを仕上げていった。

それに対してライアスは「男は伝統的な衣装を着ていればいいから、楽なものだ」と言って、ドレスの準備に疲れたソフィアを笑いながら労ってくれるのだった。

ヴィオラは何をしているかと言うと、お抱え魔女としての晴れ舞台に恥じないよう、当日の天候を長期的に調整しているようだ。

「当日は見ていなさい」と相変わらず高圧的な物言いながらも、協力してくれているようで何よりだ。


やがて、初夏のよき日。

各国の貴賓を招いた大聖堂で、ソフィアはライアスの妻になるため、ヴァージンロードを一歩ずつ歩いていた。

エスコートしてくれるのはエリオット。

春生まれのソフィアは二十六歳になり、ヴァージンロードを二十六歩で歩く。

婚期は他の女性に比べると本当に遅れてしまったが、ライアスという最高に素敵な男性と巡り会うための、準備期間だったと思っていた。

ソフィアのドレスはハートネックのデザインになっていて、どんと張り出た胸が強調されている。

けれど首元から手首までは繊細なレースに包まれ、二の腕から肘をふんわりと包む布地もあり、可愛らしい印象も与える。

美しいシルクを摘まんでドレープを描いたドレスは裾に繊細なレースが幾重にも重ねられ、所々に最高級の真珠やダイヤモンドがちりばめられていた。

スカートはパニエで膨らませふんわりと広がるラインになっており、後ろは上品にトレーンを引きずるスタイルで、彼女の大人っぽさを引き立てていた。

プラチナブロンドは美しく結い上げられ、頭にはダイヤモンドのティアラ、そして耳元には清廉さを現す白百合が、髪飾りとなり彼女を引き立てている。そこから長いヴェールが後方に続き、ヴェールガールが付き従うようにしずしずと歩いていた。

ヴェール越しに前方に見えるのは、祭壇前にて待つライアスの姿だ。

彼は黒い軍服に身を包み、裏地がラピスラズリのように鮮やかな青のマントを羽織っている。肩から脇へと掛かる大綬《だいじゅ》は鮮やかな緋《ひ》色で、肩章、飾緒、金色のボタンや胸にある幾つもの勲章が煌めいているのは、ヴィオラが大聖堂に掛けてくれた魔術のお陰だろう。

彼女いわく、「主役の二人はいつも以上にキラキラしないと」との事だ。

そういうソフィアも、動くたびに魔法の粉を被ったかのように、少しの動作でも髪やドレス、ヴェールがキラキラと輝いていて、まるで女神のようだ。

祭壇まで着くと式が進行し、司祭の祈りを聞いたあとに二人で誓いの言葉を述べた。

結婚指輪は、「その金鉱で取れた金は、持ち主を幸せにする魔力を帯びている」と呼ばれている金でつくられたものだ。それを交換し、誓いのキスとなる。

ソフィアはライアスに向かって膝を折り、彼がヴェールを上げる。

改めて視線を交えると、少し照れくさかった。

目を閉じて少し顔を上げたソフィアの顔にライアスの手がかかり、グッと腰にも手が回って抱き寄せられた。

荘厳なパイプオルガンの音色が響き渡るなか、唇にライアスのそれが重なる。

柔らかい、――今まで何度も味わってしまった唇。

呪いがきっかけであったとは言え、何度も彼のぬくもりを味わってしまった事を思い出し、神聖な式の場だというのにソフィアは体を火照らせてしまった。

ソフィアから漂う甘い香りが強くなったため、彼女の体温が上がった事に気づいたのか、ライアスは小さく笑った。

「お楽しみの初夜はもう少しあと……だな」

キスの終わりにそう囁くので、ソフィアはますます赤くなってしまったのだった。


全員に祝福されてパレードで帝都を一周したあと、晴れて守護魔女となったヴィオラの紹介がなされた。いち早く振るまい酒を飲みご機嫌になった彼女が酔っ払いながら披露した花火は参列者を楽しませ、盛大な酒宴が広大な庭で開かれた。

楽師たちが軽やかな音楽を奏でるのを耳に、酒の入った者たちが手を取って踊り出す。

ソフィアとライアスのもとには挨拶に来る者が後を絶たず、二人はその一人一人に丁寧に対応した。

また、離宮に籠もっていたというライアスの母も祝福に来てくれ、ソフィアは初めて会う皇后に挨拶をした。

彼女は気高く真面目な人で、「息子を頼みます」とソフィアの手を握り、微笑んでくれた。

ライアスも久しぶりに実母の顔を見られて、安心した表情をしていた。

皇后が心を閉ざした原因である愛妾たちはもう宮殿にいないので、ソフィアは皇后にいつでも宮殿に戻って来てほしいと提案した。ソフィアとて、ライアスの実母と仲良くしたい気持ちがある。

だが彼女は申し出をありがたく受け取りつつも、「田舎暮らしが心地いいのよ」と新婚の二人の邪魔はしたくないと辞退した。

彼女は離宮に引きこもっているうちに、随分気持ちが健やかになったらしい。

「気が向いたら遊びに行くわ」と言ってくれたので、ソフィアもライアスも安心したのだった。

そしてソフィアがライアスと共に初夜の褥に向かったのは、夜も更けて月がぽっかりと空に浮かび上がった頃だ。

「アンナ、例の上手くいっている男性と、楽しそうに踊っていました」

「喜ばしい事だな。得られないものに憧れず、すぐ横を見れば、意外なところに幸せがあるものだ」

寝台の上に寝転んだ二人は、虹色に光る貝の器に載った果物を食べていた。

というより、ライアスがソフィアに食べさせていると言っていい。

甘く香りの良い葡萄の粒を房からもぎ、ソフィアの唇につけ、左右に動かして遊ばせては、彼女の口にぷちゅんと押し込んでくる。

「……もう、お腹一杯です」

「君はあんな締め付けるドレスを着ていて、ろくに料理を食べていなかっただろう」

ライアスは少し怒ったように言い、ソフィアのなだらかなお腹を撫でてくる。

「いずれ世継ぎを産む体なんだから、小食はいただけないぞ？」

「よっ……。……は、はい……」

寝台の上で世継ぎと言われれば、嫌でもこれからライアスと愛し合うと意識させられる。

「何だ？　照れているのか？」

ライアスが腕を伸ばし、サラリとソフィアの髪を撫でてくる。そのままいい子いい子とするように頭を撫でられ、ソフィアはむず痒い気持ちでそれを甘受した。

「……ライアス様はすっかり柔和な雰囲気になりましたね？」

「うん？」

「大陸会議の時にユスリー殿下との間に割り込んできた時は、誰か手打ちにした直後なのかと思うぐらい、迫力がありましたから」

「あー……、確かに剣呑な雰囲気ではあったかもしれないが……。すまん」

誤魔化すように頭を掻き、ライアスは果物の載った器をベッドサイドに置くと、ソフィアにのし掛かってきた。

「五年もおあずけされた聖女が、今は俺の妻としてすぐ側にいる。こんな幸せな事はない」

「聖女……と思っていた女性を妻にして、どう思われていますか？」

組み敷かれたままクスッと笑い、ソフィアはライアスの頬を撫でて尋ねる。

「最高の女は最高の女のままだ。君は何も変わらない」

そんなソフィアの掌にチュッと口づけをし、ライアスは微笑みながら彼女のネグリジェを脱がしていく。

「噂とは少し違っていて、ガッカリしませんでしたか？」

骨張った大きな手がソフィアの体に優しく触れ、首筋や胸元をスッと撫でてくる。壊さないようになるべく丁寧にしているという手つきがおかしくて、ソフィアは楽しそうに微笑んでいる。

「俺は元から、君に聖女や母性という物を求めていなかった。俺は最初から、君を一人の女性として欲していた。ただ万人に等しい愛を注ぐだけで、俺を見てくれない女なら要らないし、母は一人だけで十分だ」

言われて「なるほど」と思った。

〝聖女〟も〝聖母〟も、ソフィアを生身の女性から遠ざける言葉だ。清らかで包容力があり、憧れられる存在――ではあるものの、誰一人として生きているソフィア個人を見なかった。

「……ライアス様は、最初から私を一人の女として見てくださっていたのですね」

「あいにく、幻想の女に惚れるほど夢想家ではない。日々、民のために粉骨砕身働く俺が、ふんわりとした霞のような女を横に置いて頑張れるものか。共に笑い、泣いて、たまには喧嘩するぐらいの気概のある女でなくては」

そう言ってクスクス笑うライアスは、最初の出会いを思い出していたのだろうか。

「……あの時の事は忘れてください」

恥じらって軽く睨んでみせるソフィアに、ライアスは笑いながらチュッチュッと可愛らしいキスをしてきた。

「もう……」

ライアスには、色々と言いたい事がある。

初めて彼に膝枕をしてからまもなく、胸を触られて呪いが掛かっている事が発覚し、最終的には呪いが解けた……のは恩に着ているが。

すべての男性がそうなのか分からないが、彼は何かにつけてソフィアに触れてくるし、甘えてくる。

本音では可愛いと思うし、大歓迎だ。

けれど隙あらば、すぐに彼の手がサワサワと胸や太腿を触ってくるのは、どういう事だろうか？

その先にあるライアスの気持ち――「好きだから」を聞きたいがゆえに、ソフィアは怒ったふりをしてみたり、「今回だけですからね」と言ってみたりする。

けれど最後には、ライアスに愛しそうな顔をされ、キスをされるとすべてどうでも良くなってしまう。

（惚れた弱みなんだわ）

頬や耳、首筋にキスをされつつ、ソフィアは思わずクスッと笑う。

「ん？」

「いいえ、旦那様」

「いいな、その〝旦那様〟って。君の夫になった実感がする」

ライアスは目を細めて幸せそうに笑い、ソフィアの乳房に両手を這わせた。

ずっしりとした乳房を左右から寄せて、重みを確かめるように手でポヨポヨと弄ぶ。

「……正直、呪いが解けてから公務や挙式の準備で忙しく、君とイチャつく暇もなかった。自分でもよく我慢できたものだと思うが、これが本当に初夜となる」

「はい」

「まず……。本当に呪いが解けているか、確かめてみようか」

「……はい」

呪いが発動するのは、乳首を吸われた時だ。

ソフィアはドキドキして、ライアスがパクリと乳首を口に含む姿を見る。

「……あ……」

ジン……とお腹の奥に甘い疼きが走ったが、以前のようにどうにもならない、狂おしい衝動ではない。

レロ……とソフィアの乳首を舐め上げたライアスは、舌で円を描くようにして乳首を舐め回し、チュパ……と音を立てて口を離す。

「どうだ？」

「……き、気持ちいい……です」

思わず素直に答えてしまうと、ライアスがソフィアの胸の谷間に、まふっと顔を埋めてきた。

「……そうじゃない。可愛いし嬉しいが、……そうじゃない」

「す、すみません。……で、出ない……ですね？」

思わずソフィアは自分の手で乳房をフニフニと揉んでみる。以前なら少し乳房を押しただけで勢いよく母乳が出たのに、今は何も出ない。

それが正常な体なのだが、ライアスと睦み合う時はいつも母乳を出していたので、少し不思議な心地だ。

「……良かった……。が、アレに慣れてしまったところもあるから、変な気分だな」

「うふふ、そうですね」

ライアスはもう一度ちう……とソフィアの乳首に吸い付き、悪戯っぽい笑みを浮かべて彼女を見つめた。

「そのうち、本当の母乳が出る体にしてやるから」

「……っ、ラ、ライアス様……っ」

カァッと赤面して彼の肩を押すと、ライアスは心底幸せそうに笑い、ソフィアにキスをしてきた。

「ん……、ン、……ん」

柔らかな唇に口唇を包まれ、その温かさと舌使いとに彼の愛情を感じる。

ライアスは両手でソフィアの乳房を撫で、優しく揉んではすっかり敏感に躾けられた乳首をキュッと摘まんだ。

「んぅ……っ、ふ、――ぅ」

今までなら間違いなく母乳が出ていただろうが、今はそうならない。

けれど甘く切ない疼きが体の深部を駆け巡るのは同じだ。

ソフィアは鼻に掛かった甘え声を出し、浮かせた腰をライアスの下腹部に擦りつける。

「すっかり俺の愛撫にいい反応をする、いやらしい女になったな」

耳元で囁かれ、カァッと耳朶《じだ》と頬が熱を持つ。

「だ、だって……。ライアス様が好きだから……」

「そういう所が、堪らなく可愛い」

ライアスはソフィアの頬や首筋にチュッチュッとキスを降らせながら、手で彼女の悩ましい体の曲線を辿り、張り出た臀部を撫でた。

滑らかでむっちりとした尻たぶを揉んだあと、ライアスの手は内腿に忍び込み、ソフィアの脚を左右に開かせる。

「キスと胸への愛撫だけでも、十分濡れているな」

褒めるように言われ、ただはしたなく濡らしているだけなのに……と、ソフィアは恥ずかしくて堪らない。

ピチャ……と泥濘んだ場所にライアスの指が触れ、花弁に蜜を塗り込めるように指が前後する。

「あぁ……、あ……」

ソフィアはすぐにうっとりとした顔つきになり、彼の指の動きに合わせ、腰を揺らし始めた。

「今日はあの魔術は使わない。本当に君の処女をもらう。痛むだろうから、辛かったら言ってくれ」

「……嬉しい、です。痛いのは怖いですが、やっと本当に私をもらって頂けるのですもの」

「君は健気だな」

微笑んだソフィアに甘い視線を送ってから、ライアスはジッとソフィアを見つめたまま、指をツプリと蜜口に潜り込ませた。

「ン……」

今まではすんなりとライアスの指を受け入れられていたのだが、今日はとても自分の蜜孔を狭く感じる。

「痛いか?」

ソフィアの反応をつぶさに拾い上げようとしていたのか、見つめていたライアスが心配そうな顔になる。

「いえ……。ゆっくり、してくだされば」

「分かった」

見つめられているのも恥ずかしいので、ソフィアは目を閉じると蜜孔の感覚に神経を集中させた。

彼の指の感触はもう覚えきっているはずなのに、今はたっぷり濡れていながらも、初めて彼の指を迎え入れている感覚がする。

ライアスは慎重にゆっくりと指を埋めてくると、手を引いてまっすぐ指を引き、また入れては戻し……という動作を繰り返す。

てゆく。

何度もそれを繰り返されているうちに、少しずつソフィアの蜜孔は潤みを増して解され

「ん……、あぁ……」

「もう少し……動かしても大丈夫です」

「ああ」

自分で蜜孔の具合を告げるのも恥ずかしい。だがライアスはソフィアの体の事を何も分からないので、勇気を出して教える事が大事だと思った。

ソフィアの申告を聞き、ライアスはグルリと蜜孔の中で指を回し、ナカを拡げるような動きをさせた。それから既に知っているソフィアの弱い部分を指の腹で探り、膣肉がヒクヒクッと反応するのを確かめてくる。

「あ……、あん……っ、ン……、ん、ぁ……っ」

ぞくんっと体の底からこみ上げる愉悦に、ソフィアは思わず甘い声を上げる。

その反応を見てか、ライアスは親指でクリュンッと肉芽を捏ねてきた。

「んぁっ、あっ！　そこ……っ、ぁ、あ……っ！」

ソフィアは思わずライアスの手首を摑んで身悶えし、力の入らない目で彼を睨む。だがライアスは鷹揚に微笑んだまま手を動かし続けた。

「感じるなら、素直に快楽を受け入れるといい」

そう言って片手でソフィアの乳房を揉み、乳首もくにくにと弄りつつ、蜜壺と淫芽も続

けていたぶってくる。

「あぁ、あ……っ、ン……っ、あぁ、あ……っ」

ソフィアは下腹に力を込め、ギュウギュウと彼の指を食い締めていきんだ。

今までは媚薬に侵された状態だったので、どんな事をされてもたやすく快楽を得られた。だが今はライアスの愛撫に自分が正確に反応している事が分かり、新鮮でもある。

（嬉……しい……）

これまでもライアスに触れられて嬉しいと思っていたのに、今は本当の意味で彼に愛されているのだと分かった。

膨らんだ秘玉を親指でヌルヌルと撫でられ、ソフィアは腰を反らして感じ抜く。

「くる……、き……ちゃう……っ」

優しい手淫でソフィアは確実に高まり、やがて体を胎児のように丸めると、「んンっ……！」とうめいてガクガクと体を震わせた。

ソフィアの蜜壺をまさぐっていたライアスは、少し呆気にとられた表情で「達ったのか？」と尋ねてくる。

「はい……、少し、お休みさせてください」

体の深部に絡みついてくる重い痺れに似た悦楽に、ソフィアはハァハァと呼吸を荒らげ、ライアスにお願いをする。

「今までの呪いに侵されていた状況下での交わりが、きっと異常だったのだろうな。こんなに密やかに達するものなのだな。だが快楽を堪えている君の顔も、非常にそそる」

「も、もう……っ、ライアス様……っ」

絶頂後の多幸感を覚えつつ、ソフィアは力の入らない手でカリ……と彼の膝を引っ掻く。

「もう少し濡らしておこう」

そう言ったライアスは枕をソフィアの腰の下に挟み、脚を開かせて秘部に顔を埋めてきた。

「あん……っ、で、ですから……っ、お、お休みをと……っ」

「休んでいたら波が引くだろう。攻めて攻めて、君をたっぷり感じさせて、それから初めてを頂かなくては」

「あぁあ……っ！」

何か文句を言いたかったのだが、柔らかく温かい舌にヌチャリと秘唇を舐め上げられ、ソフィアは言葉を失った。

大事な場所でライアスの舌がひらめくたび、指でされた時とは異なる感覚がソフィアを襲う。

ライアスはレロレロと秘唇に沿って舌を動かしたかと思えば、硬く舌を尖らせて蜜口に侵入させてくる。熱い息を秘部に吐きかけ、高い鼻先で肉芽を捏ねてきた。

「っやぁあん……っ、あぁああっ、んゃ、それっ、ぁ、……あぁああ……っ」

指とも男根とも違う滑らかな感触に、ソフィアは甘ったるい声を上げ、いやいやと首を振る。

ライアスは皇帝という高貴な人なのに、ソフィアの愛蜜をズッ、ズジュッとはしたない音を立てて啜る。それが恥ずかしくて、彼女はより感じた。

やがて濡れそぼった蜜口にライアスの指が入り、先ほどよりも滑らかに出入りする。

クチャックチャッと蜜を泡立てる音がする傍ら、彼はソフィアの淫芽に吸い付き、膨らんだ秘玉を舌でチロチロと舐めてきた。

「っひあぁああぁ……っ、あぁっ、あ！　駄目っ、駄目ぇ……っ！」

口淫のみの時はもどかしいぐらいの快楽だったのだが、指で深い場所までまさぐられ、メスのペニスとも言うべき場所を重点的に攻められては、ソフィアも堪らなかった。

ソフィアはライアスの頭を両手でグッと押し、腰を浮かせてどうにか逃れようとする。

だがライアスに力で敵うはずもなく、蜜洞を指でほじられ、ぽってりと腫れた肉真珠を好きなだけ吸われ、舐められ、あっという間に陥落した。

「っあぁあああぁ……っ‼」

またソフィアは体をギュッと丸め、ライアスの頭を押さえたまま身を震わせた。

先ほどは静かに達した印象だったが、一度達く事を覚えた体は、絶頂を表す事を躊躇わない。

むしろ呪いに侵されていた時の達き方を思い出してしまった感じもあり、ソフィアはピクピクと痙攣しながら体を弛緩させてゆく。

ハァ、ハァ……と荒い呼吸を繰り返すソフィアを、ライアスは欲を孕んだ目で見下ろし、着ている物をすべて脱ぎ去った。

そして下腹部で雄々しく反り返っているモノをソフィアに見せつけるように、自らの手でいやらしく扱いた。

「や……」

その卑猥な形を見ただけで、ソフィアの子宮がキュン……と疼く。

何度も彼と交わって味わった、深い悦楽という禁断の味を体が思い出す。

「我慢できない……」

ソフィアの中心部にライアスの亀頭が当たったかと思うと、ヌルッと蜜で滑り、そのあとも何度もヌルヌルと擦られる。

「っあぁ、……あ、……ん、あぁ……」

早く欲しくて堪らないソフィアは、とろけた顔でライアスを見上げ、自ら揺く腰を揺らめかせている。

「欲しいか？」

「欲しい……です……」

母乳をまき散らす姿すら見られたので、今さら自分の欲を素直に口にするのも、躊躇わなかった。

「恐らく、痛いぞ？　子もできる」

「ライアス様のお子なら、欲しいです。大好きなあなたとの子なら、きっと可愛いですもの」

そう告げると、今までの交わりよりも、ずっと精神的な悦びを大きく感じる。

ずっと望んでいた結婚をする事ができ、この人以上に好きな人は現れないという相手の子を孕めるのだ。

「良く言った。俺も君との子の顔が見たい」

ライアスは目を細めて笑い、ソフィアの手を取ると敬愛を込めてその甲にキスをした。

そしてソフィアの脚を抱え上げ、蜜口に亀頭を押し当てた。

二人の視線が交わったまま、ソフィアの体内に少しずつライアスが入ってくる。

「ん……」

彼の欲棒を呑む感覚は幾度となく味わったはずなのに、柔らかな粘膜を引き延ばされる苦しさに、ソフィアは眉を寄せた。

ライアスはソフィアの様子を見ながら、慎重に少しずつ腰を進めてくる。

大きな亀頭がソフィアの中に身を沈めようとする頃には、ソフィアは処女膜を裂かれる痛みに顔を歪めていた。

「ソフィア、大丈夫か？」

思わず声を掛けてきたライアスに、ソフィアは涙を浮かべた目で頷く。

「はい、大丈夫です。ですが、ゆっくり……してください」

「ああ」

ライアスは熱っぽい目をしていて、ソフィアの膣内をとても気持ち良く感じているのが分かる。今までの彼なら、感じ切っているソフィアを躊躇わず蹂躙しただろう。

だが今は魔術で痛みをごまかす事もなく、呪いの催淫効果もない、本物の行為をしている。

処女を奪うという責任を、彼はとても重大に感じているように見える。

ぬぷ……ぬぷ……とライアスは小さく腰を前後させ、少しずつ着実にソフィアの中に入ってくる。

「ん……、あぁ……、…………ん」

まるで月の障りの際の腹痛が酷くなったような疼痛だが、痛くて堪らないというほどではない。

ソフィアは痛み以外の心地いい感触――ライアスと触れ合った肌の温もりや、彼の息づかいに気持ちを集中させ、なるべく痛みを感じないように努力していた。

「きつい……な……」

ふぅっと息をついたライアスは、もう額や顔に汗を浮かべていた。

以前聞いたところ、避妊の医療魔術では、陰茎に術をかける事により、触れ合った膣肉や処女膜を一時的に柔らかくし、処女膜を破かない仕組みになっているようだ。加えてその時に限り精子を殺す役割がある。

今はその術がないので、ソフィアは生身の膣肉でライアスを受け入れている事になる。

ライアスもまた処女そのものの締め付けに、眉間に皺を寄せては唇を舐め、自身の欲と戦っているようだ。

「ここまでにしておこう」

ある程度肉茎を埋めたところで、ライアスは腰を止めてソフィアの頭を撫でてきた。

「え……。でも……」

まだ頑張れるとソフィアが言いかけるが、彼は優しく笑ってキスをしてくる。

「無理に入れても痛くなるだけだ。たっぷり濡らしたとはいえ、無理はしたくない」

そう言ってライアスは舌を絡めてキスを続け、ソフィアの頭を何度も撫でてきた。

「ん……、ふ、うぅ、……ん、……ン」

キスをしながら頭を撫でられると、キスという行為が〝善い物〟であるように錯覚する。

ライアスの香り、温もりを感じて幸せな心地でいる上、優しいキスを与えられ、頭を撫でられる。この上ない多幸感に包まれ、ソフィアはライアスに甘えきっていた。

繋がったまま脚で彼の腰を挟み、両腕をライアスの首に回してソフィアは掻く舌を蠢かせる。

不意にライアスが手を伸ばし、ベッドサイドにあった葡萄を一粒もいだ。

それをソフィアに咥えさせ、互いの唇の間で果実を転がし、舐めながらいやらしいキスをした。

「ん……、ぷ、ぁ……っ、ん、ふ……っ」

まるい果実越しにチョンとライアスの舌に触れるのが、もどかしい。彼が果実に歯を立てたのか、ソフィアの口内に甘い果汁が流れこんできた。

「ん……く、……ん」

ゴクッとそれを唾液と一緒に嚥下した時、ライアスが繋がったままゆっくり腰を揺らしてきた。

肉棒をさらに埋めるというほどでもなく、下腹部を擦り合わせると言ったほうがいい。だがそうされると、ソフィアの小さな突起が彼の下腹と下生えに擦れ、ビリビリと甘い刺激を伝えてくる事に気づいた。

彼の手によってソフィアの開かれていた脚は、まっすぐ投げ出される。すると腰に枕を挟んでいるからか、互いの恥骨が擦れ合い陰核が刺激された。

キスをしながらじんわりと肉芽からの快楽を得て、ソフィアは痛みだけでなく気持ちよさも得てゆく。

ライアスを含んだ蜜壺はより愛蜜を溢れさせ、彼が動くたびにぬちゅ、ぬちゅ、と卑猥な蜜音が立つようになっていた。

やがて果実が完全にソフィアの口内に入り、忍び込んだライアスの舌が彼女の口腔をまさぐった時、腰の揺さぶりと一緒にライアスの肉棒が少しずつ奥に入ってきた。

「んぅ……っ、あぁ、あ……っ」

小さな肉粒が潰されるたび、ジィン……と体の奥に染み入る心地よさを得る。

彼の屹立を呑むだけで精一杯だった蜜壷は、徐々に蜜音を大きくさせ、彼の腰の動きがスムーズになってきた事を伝えていた。

「動いても……大丈夫か？」

唇を離しキスで興奮したライアスが、上体を起こし乱暴に自分の前髪を掻き上げる。

「大丈夫……です」

彼がとても我慢をしてくれていたのを理解しているソフィアは、躊躇わず微笑んだ。再び自ら脚を開き、深くまで彼を受け入れられるような体勢を取る。

「痛かったら言ってくれ」

一言告げてから、ライアスはゆっくりと腰を引き、ソフィアの蜜壷からヌルル……と肉棒を引き抜く。

「あぁ……っ」

それまで自分の内部をみっちりと満たしていたモノを失おうとし、ソフィアは思わず声を漏らす。

だが雁首が見えるほどまで腰を引いたあと、ライアスはまた長大な一物をズブズブと埋めてきた。

「うん……っ、あ！　あぁあああぁ……っ」

ニユルニユルと膣襞を蠢かせて、太竿が埋められる感触に、ソフィアは歓喜の声を上げる。

そのあとも、何度も何度も、ライアスはゆっくりと腰を引いては埋めて……という動作を繰り返した。

彼の両手はソフィアの乳房を揉み、乳首をコリコリと尖らせては引っ張り、指で柔肉の中に押し潰し、また尖らせる。

「あぁ、あーっ、あ……っ、ライアス……っ、様、おねが……っ、もう……っ」

数え切れないほど膣肉を擦られ、ソフィアの体の奥に生まれていた快楽の熾火は、燃えさかって爆発したがっていた。

あと少しの刺激があれば絶頂できるのに、ライアスの動きが丁寧なため、ソフィアは達く事ができないでいる。

「もっと動いていいのか?」

額から汗を流したライアスに問われ、ソフィアは我慢できずにコクコクと激しく頷く。

「分かった……っ」

我慢に我慢を重ね、低くかすれた声を出してから、ライアスはずちゅんっとソフィアを最奥まで穿ち、ねりねりと亀頭で子宮口を押し上げてきた。

「ぁ、きゃぁああああっ!」

高めに高めた悦楽は、強い刺激を受けて一気に爆発した。

激しい絶頂を味わったソフィアは、ギュッとライアスを締め付けて痙攣する。

「―――くっ、ぁ」

それまでずっとソフィアにきつく締め付けられ、我慢し続けていたライアスは、亀頭を子宮口に押しつけたまま堪らず吐精した。

「ぁ……っ、あ、…………で、……てる……」

体内で彼の肉棒がビクビクと跳ねている感触を味わい、とろけきった顔でソフィアは微笑む。

脳髄までも甘く溶け、思考がライアスで一杯になっている彼女は、自分がとうとう彼の子種を真の意味で受け入れられた事に歓喜した。

随喜に打ち震えているのも束の間、ライアスは吐精しながらなおも腰を叩きつけてくる。

「――っ、ソフィア、……ソフィアッ」

彼女のうっとりと微笑った顔に刺激されてか、ライアスはたがが外れたかのように激しく腰を叩きつけてきた。

「うんっ、あ、あぁああっ、ま、待って……っ、あぁ、あ……っ」

感じ切ってふっくらとした子宮口、それに膣肉を太くたくましい肉棒で蹂躙され、ソフィアは達したまま戻れず、ビクビクと脚を跳ねさせる。

「待つものかっ、ずっと、――君に種付けしたいのを我慢していたんだっ」

解き放たれた野性を隠さず、ライアスは獰猛に唸ってソフィアの細腰を掴んだ。最奥を何度も突き上げ、ブチュブチュと蜜や逆流した精液が弾け飛ぶ水音が耳朶を打っても、構わずソフィアを犯し抜く。

ソフィアもまた一匹のメスとなり、本能の声を上げてライアスの体にすんなりとした脚を絡めた。

「あぁあぁぁっ、あーっ、あぁああ、——すき、——好きっ、——ですっ」

気持ちよさとライアスへの想いとで、もう何を口走っているのか自分でも分からない。

催淫効果のある母乳の呪いはなく、体を楽にしてくれるライアスの魔術もない。

快楽は以前ほどではないかもしれないが、比べようもない心の悦楽を得ていた。

憂慮していた事すべてが解決され、今や愛しい夫となったライアスに、何も障害のない状態で抱いてもらえている。

子宮口に叩きつけられる亀頭の硬さも、ジィンと体に染み入る堪らない淫悦も、乳房を揉む指の力強さも、肌に滴る汗も、荒々しい呼吸も、すべて本物の交わりだ。

——嬉しい……。

一人の女として愛され、ソフィアは本当の意味での幸せを感じていた。

わななきっぱなしの膣肉をズチュズチュと擦られ、ソフィアはより高い声を上げてまた達する。

きつく彼を喰《く》い締めて一瞬気を遠くさせたタイミングで、ライアスがソフィアの体を抱きかかえ、自分の胡座《あぐら》の上に座らせてきた。

「ソフィア、キスを」

片手を後ろについて体を支え、下からこきざみにソフィアを突き上げるライアスが指示をした。

「……ぁ……、む」

達きっぱなしでトロンとした目をしたソフィアは、小さく舌を出してライアスの唇を舐めたあと、はぷ、と彼に口づけた。

どちらからともなくねろりと舌が這い、ライアスの片手がソフィアの背中やお尻を撫でてくる。

「んぅっ！」

不意に指先で蜜をすくったライアスが、ソフィアの後孔に触れてきて、彼女は唇を塞がれたまま悲鳴を上げた。

蜜を纏った指でヌルヌルと窄《すぼ》まりを撫でられると、背徳感と共にゾクゾクとした愉悦がソフィアの体を支配する。

「んーっ、んぅーっ」

舌を吸われたまま離してくれないライアスに、ソフィアは泣きながら抗議する。口元からは涎が垂れ、乳房にまで滴っている。

乳首はライアスの胸板に擦れ、ピンと尖ってそちらも気持ち良くてつらい。

「んーっ!!」

ライアスの指がつぷりと後孔に軽く侵入した時、ソフィアはあまりの興奮に何度目かの絶頂を味わった。

「おっと……」

ぐったりと体をライアスに預けたソフィアを、彼は事もなげに受け止めたあと、そのまま後ろに倒れ込む。

そしてソフィアをきつく抱き締め、下からズグズグと激しく突き上げてきた。

「っんぁあああぁあ……っ！　あーっ！　あっ、駄目ぇっ、あっ、気持ち……っ、頭、変になる……っ、ぁあああぁあ……っ！」

目の前でチカチカと小さな光が明滅し、ソフィアは蜜も涎も垂らしたまま、本能のままに喘ぎ狂う。

お腹の奥をドチュドチュと突き上げられるたび、下腹部から脳天まで突き抜けるほどの悦楽を得た。

ライアスの両手はソフィアの尻たぶを掴み、柔肉に指先を埋める。互いの下腹ではソフィアの淫芽が擦れ、更なる快楽を与えてきた。

快楽の波濤《はとう》に翻弄され、ソフィアは自分が何を口走っているのかすら分からなくなる。

「ソフィア……ッ、ソフィア、愛してる……っ」

それでも愛する夫が自分だけを求めてくれている事だけは分かり、嬉しい、気持ちいいという想いのまますべてを解き放った。

「っあぁあああぁ……っ!!」

結合部の小さな孔からブシュッと愛潮をもらし、ソフィアはより激しく痙攣した。

「くっ……」

同時にライアスも喉の奥で低く唸り、胴震いしてソフィアの尻たぶを鷲《わし》掴みにし、ズンッと一際強く突き上げた。

熱くとろけた膣内で、ライアスの鈴口からビューッと勢いよく白濁が噴射される。

お腹の奥でじんわりと温かいものが広がっていく感覚を得て、ソフィアは幸福に満たされたまま微笑んでいた。

その後、ライアスは何度かソフィアを突き上げて、執拗に彼女の唇を吸い、強く舌を吸ってくる。

「ん……、んぅ…………」

トロトロに蕩けた思考の中、ソフィアはもうライアスを愛しているという事しか考えられなくなっていた。


「ん……」

目覚めると、まだ室内は暗い。

「大丈夫か？　ソフィア」

トンと何かを置く音がしてそちらを見ると、ライアスがグラスに入ったワインをベッドサイドに置いた音のようだった。

「大丈夫です。起きてらしたのですか？」

どうやらライアスはずっと起きてワインを飲み、ソフィアの髪を撫でていたらしい。

自分も起き上がろうとしたが、腰が怠くてソフィアは溜め息をつく。

「無理をしなくていい。体が辛いだろう」

そう言ってライアスはソフィアの体を抱き起こし、隣に座らせてくれた。

「ありがとうございます」

「水を飲むといい」

彼はベッドサイドにあった水差しからグラスに水を注ぎ、ソフィアに差し出してくる。

「ご親切にどうも。ん……、く」

コクコクと水を飲むと、喉が渇いていたからかとても水を甘く感じた。

「まだ夜中なのですね」

「ああ。俺はやっと君のすべてをもらえて、興奮のあまり寝付けないでいた。五年の間おあずけをされて、やっと君と話せるようになって……。遠くから君を想っていた期間を思うと、こうして君を妻にできた今が夢のようだ」

言われて改めて、ライアスが他の女性に目移りする事なく、ずっと自分だけを想ってくれていた事を思い出す。

「ありがとうございます。私、ライアス様に愛して頂けて、本当に幸せです。私もこれから全力で、あなたを愛し、甘やかして、そして一緒に幸せになっていくために努力したいと思います」

多忙なライアスの休憩時間には、また彼に膝枕をしてあげたいと思った。

「こちらこそ、これから末永く宜しく頼む。俺の愛は強く重たいからな」

冗談めかして言われ、ソフィアはクスクス笑った。

「五年も想い続けられていたのですもの。もうとっくに知っています。私も体当たりする心意気でライアス様を愛し返しますから、どうぞお覚悟なさって」

「はは、頼もしい」

ライアスがソフィアの肩を抱き寄せ、腕に力を込めてソフィアの香りを嗅いでくる。

「……ん、いかん」

「どうかしましたか？」

キョトンとして尋ねると、彼が屈託なく笑う。

「愛しさのあまりまた勃ってしまった。すまない、付き合ってくれ」

「きゃ……っ」

あっという間に押し倒され、ソフィアの顔にキスの雨が降る。

そして二度目の交わりが始まり、結局二人の睦みは朝まで続いたのだった。

その後、初夜でしっかりと子を授かったソフィアは、翌年の春に健康な男児を産む事になった。

ラガクード皇室には子供が次々と生まれ、いつも幸せな笑い声が溢れていた。それを魔女ヴィオラが文句を言いつつ見守る姿が、たびたび宮廷で目撃される。

サリエールではアンナも件の男性と進展があり、ソフィアの結婚の二年後に結ばれた。

場所が変わっても、ソフィアは帝都でも相変わらず〝聖母〟と呼ばれていた。

だがライアスや子供たちは、一人の女性としてソフィアがよき妻であり、よき母である事を誰よりも知っていた。

完

あとがき

ムーンドロップスさまでは、はじめまして。臣桜と申します。

このたびは『皇帝陛下は呪われた聖女の母性に溺れる』をお手に取って頂き、ありがとうございます。

このお話は、電子書籍レーベル・ルキアさまより配信して頂いた、『母性が溢れて止まりません!?　呪われた聖女と皇帝陛下の蜜愛』が書籍化されたものです。

イラストレーターさまは鈴ノ助先生から、天路ゆうつづ先生にバトンタッチとなり、タイトルと装いも新たに……という形になりました。

書籍化だけでも嬉しいのに、美しい挿絵もついて本当に喜びＭＡＸです！

改めまして、お二人のイラストレーターさまにお礼申し上げます。

このお話は、私の性癖つめつめな物語です（笑）。

（色んな意味で）溢れてしまう母性のお話、如何でしたでしょうか？　自分としては少し特殊な方なのかな、と思いますが、同好の士がいらっしゃいましたら幸いです。

昔から好きになる二次元の女性は、母性溢れるおっとり美人が多いです。

以前にツイッターで読者さまに、「どうして巨乳が好きなんですか？」と質問され、少しお返事に詰まってしまった事がありました。

恐らく、自分の中にある性癖……母性溢れる、ロングヘアでお淑やか、聖女、聖母属性、そして美人で巨乳……というものが無意識に心に蓄積して、今は物語を書くと必ずヒロインが巨乳になる結果になっているのだと思います。

自分でも、「なぜ巨乳やママみのあるキャラが好きなのか？」と改めて問いかけると、ハッキリとした答えを出せません。無限の時間があるなら、果てしない自問自答を繰り広げた結果、悟りでも開けそうな感じがします（笑）。

基本的にやっぱり、包容力のあるキャラが好きなのだと思います。あとは成熟した大人の女性を好むという、単純な個人の趣味です。

同じようにライアスも皇帝という私の好き属性のヒーローです。

彼はソフィア以外にはプライベートでは割と塩対応ですが（特にヴィオラになど）、生い立ちがああで、冒頭では一人ブラック企業体質であったわりには、今は包容力のある良い皇帝なのではないかな……と思います。

男性キャラの好みもまた、多少老成した苦労人が好きなのだと思います。

属性的に、他には軍人、聖職者や、着物、刀、吸血鬼……などが好きです。

体に紋章があったり、召喚できたり……。ＲＰＧゲームで培われたファンタジー脳ですが、今もオーソドックスなファンタジーさが大好きです。

小学生からファンタジー設定の創作をしていたので、今でもファンタジーが舞台の物語は、設定を考えつつとても楽しく書けています。

まだまだ書きたいネタは沢山あるので、機会があったら書かせて頂きたいと思います。

教会系の聖職者やシスター、聖女は今まであちこちで書かせて頂いたのですが、ギリシャ神話的な巫女や、和の巫女なども大好きで、まだあまり書けていないので、いつかどこかで……と思っています。儀式ものとか、非常に滾ります。

一方で、人ならざる存在も好きなので、いつか挑戦できたらと思います。

現代、ヒストリカル、ファンタジー問わず、書きたい物語が沢山あります！


どこかで新作をお見かけしましたら、応援して頂けたらと思います。

また次回も、書籍化目指して頑張りたいと思います！


改めまして、電子版、書籍版共に担当さま、校正さま、パブリッシングリンクさま、竹書房さま、心よりお礼申し上げます。

鈴ノ助先生、天路ゆうつづ先生にもお礼申し上げます。

お二人ともイメージぴったりの、ソフィアとライアスをありがとうございました！

鈴ノ助先生は今まで何度かご縁があり、今回も描いて頂けて嬉しかったです。

天路ゆうつづ先生はいつか描いて頂きたいと思っていた方なので、今回のご縁をとても